______________________ 드림

머문 계절 : 머문 계절을 안다

스친 봄 :

스친 봄과 만나

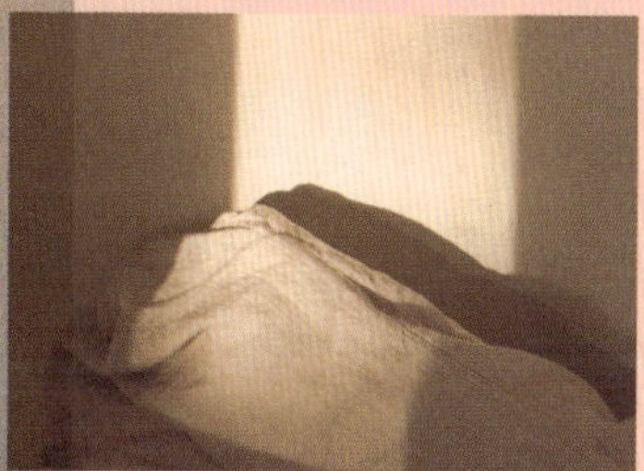

스친 봄과 만나

나에게 남겨진 것들에게

너에게 담겨진 것들에게

우리라는 잔상으로

그 흔한 울렁임조차

함께라는 이름으로 오늘을 걸어 봐요.

남겨진 여운

우린 늘 그렇듯 오늘을 살아요. 우린 늘 그랬듯이 내일에 기대여요. 우린 늘 삶에 기대해요. 행복이란 건 멀리 있지 않아요. 작고 소박한 것들에게 기대며 있는 그대로 기대하죠. 그거 알아요. 당신의 하루가 빛날 수 있는 건 입가에 빛나는 그대 미소로부터 시작된다는 걸. 한참을 웃고 난 뒤 찾아오는 깊은 여운은 당신이란 큰 행복으로 남겨진다는 걸. 이렇게 온전한 당신에게 행복을 배운 하루예요.

꽃밭에서

시작이 주는 씁쓸하고 달콤 쌉싸름한 순간은 두근거림과 약간의 두려움을 남긴다. 뒷모습이 남기는 작은 희망은 그대 걷는 이 길에 꽃길보다 꽃밭이 되려는 웃음만 불어오길 바란다. 매일 시작되는 또 다른 시작의 기로에서 당신과 내가 마주 웃길 바란다. 그렇게 하루는 꽃밭을 품은 당신에게 꽃길을 남기며 또 한 번은 당신이란 꽃에게 활짝 핀 미소를 전한다.

낭만의 문장들

많은 낭만의 문장이 우리를 수놓지만 정작 우린 그러한 문장들을 사용하는 법을 몰라요. 가끔 공복에 찾아오는 배고픔만큼 내 마음은 당신의 토닥임을 원해요. 이미 오래전 걸어와 버린 마음과의 거리에 그대 마음만 여전히 추운 계절을 보내고 있으니까. 얼어버린 마음을 포근히 안아 준다면 활짝 웃는 당신이 서 있을 거예요. 그래요. 마음을 안는 건 당신을 믿는 것만큼 중요하니까. 낭만이 스민 계절에 수놓인 웃는 마음과 함께하려면.

헛된 것은 없다

세상에 헛된 것은 없다. 잦은 감정의 경험들은 짙은 호소를 통해 마음에 부딪치지만 그 부딪침조차 삶의 한 부분으로 자라나는 깊이가 되길.

용기 냈던 그날

그날 기억나. 그때 있잖아. 처음 만날 날. 조금은 수줍고 적당히 긴장되고 약간은 고개를 갸우뚱하던 그날. 서로에게 한 걸음 멀어졌다가 우리에게 두 걸음 다가온 그 감정. 누군가 그러더라. 그게 사랑이고 그 감정을 가진 건 유일한 너란 사람이라고. 마음에게 솔직하지 못했던 지난날과, 마음에게 용기 냈던 그날과, 마음이 마음에게 안기는 오늘날이 이토록 고마워서 매일 너를 향한 이 걸음을 안아 준 당신 마음이 이토록 고마워.

눈가의 빗소리

뭉친 감정들을 풀기 위해서 우린 참 많은 감정을 또다시 허비한다. 그렇게 뒤엉킨 감정선과 마주한 시간은 또 다른 순간들로 지우지 못할 기억을 남겨 둔다. 잊어야 할 것과 담아야 할 것들은 빗발이라 핑계를 전하지만 정작 눈가의 빗소리를 챙기지 못하는 것처럼 마음과 마음의 거리는 한순간 결정된다. 오늘의 너와 내일의 내가 다른 길을 걷는 것 마냥.

스친 봄 : 스친 봄과 만나

예고할 테니

삶의 모든 순간이 예고 없다면 당신만큼은 내 곁에 예고 있던 사랑이길 바라요. 바라본 당신 곁 내가 되길 투박한 두 손은 당신을 꼭 감싸요. 이제는 이 바람이 우리에게 따뜻한 숨결로 불어오겠죠. 당신도 이제 나란 사람에게 당신이란 사랑 숨 쉬도록 해요. 당신의 숨이 내 마음에 스미도록 말이에요. 이 따스한 말 한마디가 당신 걸음에 사랑으로만 묻어나길 당신 마음에 예고할 테니.

낯설기도 익숙하기도

우린 각자의 삶 속에서 전혀 다른 모습을 가지고 살아가요. 오늘의 내가 낯설기도 하며 내일의 내가 익숙하기도 하죠. 그렇게 보이지 않는 채찍으로 나를 안아 주고 이렇게 살갑던 품을 쉽게 놓기도 하며 반복과 번복의 감정 속에서 방향을 잃어버리곤 해요. 짤막한 문장도 스치는 단어조차 쉽게 버릴 수 없음을 배워 가는 것 같아요. 또다시 다른 오늘의 나와 마주하지만 또 다른 내일의 내가 밉지는 않아요. 성장이란 과육 속에 달콤한 기로를 걷고 있으면 좋겠어요. 우리 함께.

지나친 건지 지쳤던 건지

너는 슬럼프가 뭐라고 생각해?

내가 아무리 열심히 해도 잘하지 못할 때? 아니야. 그럼?

진짜 슬럼프는 정말 잘하고 있는데 흥미가 떨어지는 순간이야.

오늘 이 시간이구나. 너.

그을린 건

기댈 수 없는 관계가 만든 뻔한 기대는

나에게 사랑에 대한 경계만 남겼고

그 경계는 너라는 사람의 그늘로 그을려.

시야 속 사라진 그대라는 그림자에게만 여전히 기대어.

손끝에 묻어나

당신은 여전히 손끝에 묻어나 그려진 그날의 당신과 나에게 머물며 기다림을 남겼다. 그렇게 물든다는 이유는 무언가 놓았던 시간을 묻는 듯했다. 아픔을 삭이는 법을 알아 갈수록 당신을 잊는 법을 잃어 간다. 이별 전 이미 잃은 건 당신이 아니라 당신 마음에 답했던 솔직하지 못한 내 모습이었을까. 가끔 안아야 할 건 꼭 내가 아닐 수도 있겠다는 생각이 든다.

몇 글자 남기며

세상에 똑같은 걸음이 없었고 새삼 다른 무게로 남겨지지 않았다. 부족한 건 채우면 되지만 넘치는 건 참 담기 어려웠다. 늘 느낌이 그랬다. 내일은 느끼지 못할 감정이겠지 하며 한참을 돌아서 한동안 돌아봤다. 움츠린 그림자가 이미 어둠에 숨은 뒤였다. 그저 그늘이겠거니 싶었다. 물드는 하늘 한 번에 몇 글자 남겼다.

또 한 번 뒤척이던 밤

비슷한 사랑에 끌리고 비슷한 사람을 잡아 두며 어긋난 사람을 기억하고 어긋난 사랑을 추억하지. 머리에 기록된 사랑도 마음이 남긴 사람도 결국 데자뷔 같은 연애 패턴인가 싶어. 또 한 번 뒤척이는 밤이야.

알면서 모른 척 안았다

사랑했다. 이별을 했고 또 다른 사랑을 했다. 또 다른 사람과 사랑을 했다. 이별을 했던 그 사람과 또 다른 사랑을 했다. 마음에게 감정이 뒤엉킨 건 이미 오래전이었다. 마음에게 감성이 뒤섞인 건 아주 오랜만이었다. 그렇게 마음이 시킨 일을 모른 척 행하며 또 한 번 또렷한 사랑을 했다. 그렇게 우린 마음이 시키는 일을 모른 척 안았다. 사랑이었다.

한참을 걷고 나서야

사람을 떠나 사랑을 알고
사랑을 안아 사람을 찾고
아픔이 녹아 슬픔이 되고

행복이 남아 미소가 된다.

슬픈 미소가 사랑을 짙게 하며
아픈 행복은 사랑을 찾게 한다.

그렇게 당신이 떠나 온 마음과
내게 남겨진 마음의 거리를 걸어 보았다.

한 끗 차이

말투는 한순간 다녀가지만 배려는 평생 마음 곁에 남아 있다.

한 끗 차이의 말투는 오해로 담기며 한 끗 차이의 배려는 사람을 남긴다.

내려놓는 법을 잃었다

사랑했잖아. 보고 싶잖아. 남아 있잖아.

그 마음도 그 사람도 그 사랑도 그렇게 여전히 안고 있잖아.

쉽게 내려놓는 법을 잃은 건 나뿐인 걸까.

희석된 시간

함부로 슬픔과 아픔을 낭비하지 말아요. 불현듯 슬픔도 아픔도 절실하게 필요한 순간이 올 테니 오늘은 그저 품에 꼭 안아 봐요.

종이 한 장 차이

필요할 때 찾는 사람, 갑자기 연락하는 사람, 단순한 정의로 안부를 묻는 사람. 관계에서 여러 기준의 사람이 있다. 괜한 투정도 안아 주는 이가 있다면 뻔한 이야기도 담을 쌓는 이가 있다. 많은 관계들이 한 해가 흐를수록 밀려난다. 이 밀림이 관계를 소홀하게 만들지 않지만 "어디야?"가 "어딘데?"가 되고 "나와."가 "오늘 괜찮아?"로 종종 되는 것 같다. 그렇게 관계는 마음의 경계에서 닫힌 문을 두드리기도 하고 출구를 못 찾아 허우적거리기도 하지만 넓은 사막에서 만난 유일한 말동무가 되기도 한다. 알다가도 모를 우리의 마음처럼 관계는 그런 것 같다. 경계와 관계의 마음이란 종이 한 장 차이로.

시간이 사라지면

우리가 만날 때 '시간'이 사라지면 좋겠어.
우리가 헤어지는 시간이 오지 않을 테니.

방황하던 어둠이 새벽과 조우하면

불면증이 또 덧난 것 같아요. 오후가 막 내린 새벽이슬을 마셔 봐요. 상처 난 기억들이 조각난 추억들로 아물다 덧나다를 반복하며 자주 뒤척이는 새벽을 나눠 봐요. 혹여 습관성 슬픔은 아닌지 어둠 속 마음과 몇 마디 주고받지만 모른다 쿵쾅거림만 건네주는 순간이에요. 종종 지난날을 걸어 보며 뛰어왔던 오늘날이 허덕이는 잔상들로 또 한 번 상처 난 마음 위에 살포시 안겨 봐요. 마음과 긴 대화 속에 오갔던 침묵들은 생각이란 표정으로 저 멀리 달빛 넘어 내 모습을 모른 척 그려 줘요. 나와 같이 방황하는 어둠이 새벽과 조우하는 이 시간이 꼭 내 모습을 닮은 것 같아서 말이에요. 뒤척여 보지만 정리되지 않는 나와 같은 당신이겠죠. 어둠과 새벽과 기억과 추억과 마음과 침묵이 마침표를 찍는 끝자락에서.

다음조차

사람의 깊이를 따지기 전에 사랑을 기피한 당신을 돌아봐요. 무심했던 손길이 무시했던 손짓은 아니었는지 그렇게 사람에게 사랑을 익히며 사랑에게 사람을 배워 가는 마음조차 우리의 관계인 것 같아요.

방 법

하나, 숨을 고르고

둘, 상대를 지그시 바라보며

셋, 이 순간만을 사랑할 것.

당신과 사랑에 빠지는 법.

마음을 믿어 줘

괜찮냐고 묻지 말아 줘. 왈칵 쏟아질 아픔이라면 차라리 좋겠어.

얼마나 아프냐고 물어 줘. 삭인 시간이 지난 순간으로 남으면 좋겠어.

걱정과 위로 전에 품을 나눠 줘. 나눠 준 품에게 숨을 나눌게.

그래. 잘 믿어 줬어. 오늘도 그 마음을.

아주 작고 소박한 것

배려는 관심이란 시선에서 묻어나며 이해는 노력이란 시야에서 더해진다.

그렇게 사람도 사랑도 아주 작고 소박한 것에서 채워져 간다.

눈앞 오아시스조차

손가락질보다 더 아픈 건 마음이 읽는 상처를 말 한마디로 던지는 거예요. 참 쉽게 던진 그 문장은 나라는 이야기를 참 우울한 웅덩이로 걷게 해요. 당연히 생각지 말아요. 가치는 같이할 때 보여요. 당신은 이미 벽으로 나를 몰았고 숨 정도 쉴 창만 주었어요. 눈길에 베어 버린 이 상처가 아물 때쯤 나에 대한 아쉬움으로 덧날 거예요. 눈앞에 오아시스가 그 깊이를 다하길 바랍니다.

낭비하는 습관

잊어야 하는 것과 잃어야 하는 것에서
우린 가끔 의미 없는 웃음을 낭비한다.

슬픔.

꿈이 피어날까

얼마큼 아프고 한참을 슬퍼야 흐릿했던 감정들이 햇살들로 가득할까. 몰래 남겨 왔던 감정을 놓기도 하며 행했던 익숙함만이 자주 지워지더라. 생각의 담금질로 돌아본 하루와 돌아갈 오늘의 거리에서 한동안 웃어 버릴걸. 한없이 메마른 시간에 입술만 답이 없다.

기약 없는 바람이 봄날의 바람으로 불어오면 좋겠어.

한참을 웃어 봐

사랑의 씨앗은 사람의 온기로 피어난다.

우리라는 계절이 만발했다.

당신의 웃음꽃과.

온실 속 기분

나란 화분에서 꽃을 닮은 당신이
내 품의 온기로 웃음만 피어나면 좋겠어.
너란 꽃을 담은 큰 품이 되려 해.

051

미지근하면 어때요

지킬 수 있을까. 내 사람도 내 사랑도 내 마음도 불안정한 온도에 끓어 열정이 때론 넘치는 감정으로 식어 가요. 괜한 것들에 대한 고민도 과정도 아니겠지 남겨 보지만 결국 이용하는 사람 속에 환승하는 마음은 찍지 못한 결정에 속아 또 다른 핑계를 둘러대요. 잘하고 있다는, 잘해야 한다는 강박과 긴박의 삶은 지나친 것과 지친 그곳에서 지나간 곳과 지나간 것에 관해 숨만 토해요. 따스할까 차가울까 그건 단지 시선의 판단으로 결정되는 게 아쉬울 뿐이에요. 이 적응될 듯 안 되는 감정의 시차 속에서 미지근하면 어때요. 여전히 당신 오늘도 수고한 걸요.

곁이 좋다

볕이 좋다.

당신의 곁도 설레는 날이길.

설레는 이 볕이 당신 품에도 안기길.

당신이 좋다.

마감 임박

하루가 왜 이렇게 빠르고 고단할까. 생각들을 고뇌이며 이렇게 천천히 고단한 하루를 마감하는 우리야. 우린 그렇게 내일 걸어 볼 오늘과 같은 이 길에서 마주하고 또 다른 아침 날에 다짐으로 약간의 위로를 더해 마음과 조우해. 조금 부족하면 어떨까 흘린 미소가 낯설지 않은 하루야. 어둠이 찾아오는 이 시간이면 어젯밤 서글피 투덜거리던 마음을 위로할 거야. 어둠이 떠나간 내일에는 또 한 번 이 공간에서 오늘 밤 미소 짓던 마음을 안아 보겠지. 우리 곁 몰려오는 어둠이 낯설지 않게 웃어 보자. 우리.

꽃놀이 가던 날

너라는 꽃과 우리라는 미소가
만발할 수도 있겠다는 생각이 들어.

봄이 오면.

감정선

여전히 손끝에 묻어 나
그려진 그날의 당신은
머문다는 기다림을 남겼다.

감정과 감성선 사이에서.

창가에 묻어나

반복과 번복. 한 잔에 담긴 삶. 뱉어야 하는 생각.

닦아야 하는 고민. 그렇게 창가에 밀려온 또 다른 나날들.

지워지지 않는 얼룩처럼 묻어나 버렸다.

058

빠르게보다 바르게

오늘도 이만큼 빠르게 달려왔어요. 내일은 얼마큼 빠르게 다가올까요.
빠르게보다 바르게 걸어온 나와 마주할래요.

걷다 보면.

언어유희

쉽게 하기. 아쉽지 않게 말이야.

미움도. 사랑도.

착각 속 우리

우린 사람과 사람 사이에서 이해의 관계를 오해의 경계로 남기기도 한다. 주관적 시점에서 은연중 묻어나는 이기적인 부분이 빗나가는 순간을 담아 마음과 마음에 다른 색안경을 안긴다. 뚜렷하지 못한 시점이 찾아오기도 하기에 우린 줄곧 모른 척 돌아서 돌아보지만 돌아가는 방법을 잊은 채 돌아서는 편법만을 찾는다. 변함없는 진실은 다른 하늘이라는 착각 속 같은 태양을 바라보는 사실을 잊은 우리라는 것이다.

견딤을 담으며

하루에도 만나는 수많은 틀과 그 틀 속에서 살아가는 우리다. 그렇게 틀을 향해 걸으며 그 틀과 스침에 많은 감정의 반복으로 때론 답답함을 때론 아쉬움을 표한다. 사회의 구성원으로 살아가는 우리는 줄곧 일탈이란 단어를 즐기며 세상으로 나가자 외친다. 모든 이야기의 시작과 끝이 있지만 우리의 삶에는 끝이라 말할 수 없이 더욱이 짙어지는 시간의 더함으로 조금 더 행복이 피어날 정거장을 향한다. 그렇게 같은 공간을 지나고 달린다. 문득 다가오는 그 무뎌진 일상을 틀 속에 서 있는 나로부터 발견하는데 평범에 묻힌 내 모습을 멍하니 바라볼 때면 괜스레 떠나고 싶은 충동과 묵묵하던 마음의 온도조차 쌀쌀함을 건넨다. 묵은 때는 벗겨 내면 그만이지만 마음의 체증은 그저 쉼 없이 걸어온 그대의 걸음에 무게만 더하니 말이다. 다만 스치는 모든 것이 결국 나에게 조금 더 단단한 시선을 건네지 않을까 생각이 드는 하루다. 언젠가 틀 속에 내가 아닌 그 틀을 바라보며 해맑게 웃는 우리를 담아 본다. 그 어떤 바람에도 흔들리지 않을 오늘 걸음이 남긴 견딤을 담으며 다음 역에 내린다.

환승.

빈번한 것들에 대해서

흔하다 말하는 시간이 일분일초 부족한 시기로 다가오는 것 같다. 일상과 마주하는 빈번한 것들은 불분명한 스침에도 큰 잔상으로 남겨진다. 당연하다 생각했던 것들은 당연하지 않았고 우연히라 몰아쳤던 것들은 우연히가 아니었나 하는 생각이 든다. 그렇게 세상은 생각지 못한 깊이로 숨을 토하며 이렇게 새삼 빈번한 것들은 삶의 순간을 그리게 해준다. 몰아친 마음의 감정에 남겨진 오늘의 감성인가 싶다.

빈번한 것들에 대하여.

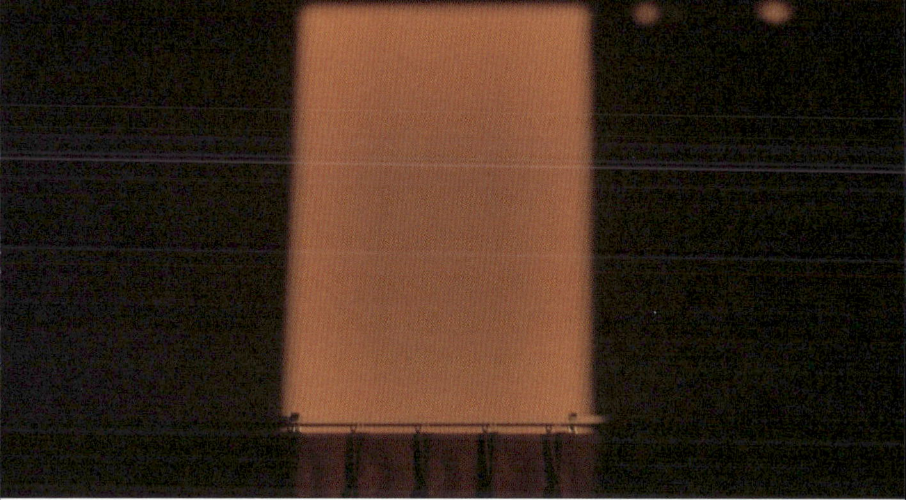

스친 봄 : 스친 봄과 만나

겁내지 마요

당신이 가진 고유의 색감은
따스한 감정의 온도로 날 웃게 해요.
지금 다른 우리에게 겁먹지 마요.
분명 같은 마음인데 겁먹지 마요.

더 이상 겁내지 마요.

유일한 법

주저 없이 행하는 것, 예고 없이 지키는 것,

그게 당신을 사랑하는 방법이에요.

용기.

사랑에 묻고 사람에 답했어

바다가 당신을 닮았는지 오늘은 울적함으로 답했습니다.

하늘이 당신 품에 안겼는지 눈물로 답했습니다.

바람이 당신 곁에 머무는지 서운함으로 답했습니다.

바다와 하늘과 바람이 꼭 그날의 당신을 닮았습니다.

참 닮지 않은 지금

어울리듯 어울리지 못하는 저 달이 꼭 내 모습 같아요. 사회라는 둥근 울타리 안에서 가끔 뾰족한 감정을 숨기기도 하고 은은한 감성으로 하루를 위로하기도 하고 바보같이 웃어 버리는 모습이 참 닮은 우리인가 싶어요. 괜한 투정으로 오늘보다 더 나은 내일이 있을까 싶다가도 오늘보다 내일을 기다리며 뒤척이는 이 밤이 내 마음 같아요. 참 닮아 가는 우리인데 참 닮지 않은 지금 이 순간이에요. 걸음이 느리다 말하며 빠르게 걷던 마음이 허덕여 괜히 땅과 하늘 한 번 바라보지만 어울리듯 어울리지 못하는 저 달이 꼭 당신과 내 모습 같아요.

남겨질 것들

나는 세상이 궁금했는데 세상은 나를 궁금해하지 않더라.
어른이 된다는 건. 그런 건가 싶어서.

서 있기에

오늘 당신의 성장이란 그늘 아래 내일 당신이 성숙이란 세월 곁에서 삶이란 품속으로 안기기를 기도해요. 당신이 서 있기에 삶이란 게 존재해요.

삶.

보폭

어둠이 내리면 당신이 걸어올까요. 눈가에 울컥이는 마음만이 감정으로 은은한 당신의 언어를 느껴요. 어디쯤이에요. 숨소리가 내 귓가에 안겨요. 한순간의 사람보다 한결같은 사랑인 당신이 보고 싶어요. 은은함으로 짙은 어둠 속 나를 지키는 당신에게 걷고 있어요.

표정에 담긴 무엇도

적막을 깨우는 소리가 내 귓가를 흔들었다. 아무렇지 않은 척 반응하며 익숙한 녀석을 입에 베어 물며 숨을 뱉었다. 햇살이 나를 따르듯 공기는 나를 달랬다. 코끝에 다가온 하루는 반복되는 것들로 향하게 하였고 번복되는 감정 노동을 남겼다. 삑- 하는 두 번째 소리가 시작을 알렸고 나와 같은 표정의 걸음들로 가득한 일상을 움직여 각자의 거리로 나섰다. 표정에 담긴 무엇이 무거운 공기를 안기는 건지 의미없는 멜로디만 가사는 잊은 채 귓가에 생각을 읊었다. 그렇게 일과는 시작되었고 점심 메뉴의 고민도 잊은 채 바쁘게 오후를 전했다. 많은 생각과 뻔함에 무뎌질 때쯤 달과 닮은 시계는 닮은 시간이 약속한 듯 어제와 같은 자리에서 서성였다.

빛을 다할 때까지

창가에 보이는 어둠 속 빛나는 작은 달을 볼 때면 꼭 내 모습 같아. 작아 보여도 실제로는 크니까 마음도 그렇더라. 큰 마음을 담고 있지만 사람들이 날 보는 시선은 아주 작은 열정 덩어리라고 무의식중에 신호해. 어둠을 즐기는 나는 때론 그곳에서 유난히 빛나는 작은 마음을 즐기려 해. 하찮다 말하는 예술이 그 어떠한 형태와 음성과 그늘로 자신의 자리에서 빛을 다할 때까지.

적막함에 남겨진 건

누군가에게는 길가의 돌멩이지만 누군가 단 한 사람에게는 귀한 보석으로 보인다. 그 값지고 귀중한 것은 쉽게 연마되지 않는다. 단지 당신이 무시하는 것들이 단순히 당신이 무서워하는 것들로 닿지 않기를 바란다. 가치를 무시하면 같이 갈 수 없다는 걸 알았으면 좋겠다. 말뿐인 동행은 말 없는 행동으로 돌아오며 당신이 무심히 오늘날 누군가에게 뱉어 버린 칼날이 내일은 묻어 버린 상처로 멀어지는 걸음들과 함께 저 멀리 적막함을 깨며 찾아오고 있으며 당신 곁에 천천히 남겨진다는 걸 알았으면 좋겠다. 말에 독은 없는 것 같다. 단 독이 있다면 상대를 아니라 하는 그대 혀에 있다.

바보처럼 웃어 봐도

사람은 형용할 수 없는 사소한 감정들로 마음이 쓰이며 사랑은 설명할 수 없는 소박한 감성들로 삶을 물들게 한다. 함께 걷고 멈췄다 쉬었다 하는 삶과 마음 곁 우리가 사랑하는 사람은 이토록 말이 필요 없는 값진 존재인가 싶다.

가끔은 바보처럼 웃어도 좋다.

LEMON
RASPBERRY
TOMATO
BEET
CABBAGE
LETTUCE

오롯이 빛을 다해

새벽하늘이 품은 작은 별 하나가 오롯이 빛을 다해 빛난다. 여운을 남긴 밤을 헤엄치다 마주한 그것은 고요하게 쓸쓸하게 남은 빛을 짜내듯 도리어 애쓰며 웃는다. 모자람이 없이 온전하게 행했던 지난날과 외로움으로 달랬던 오늘날을 위로하듯 오롯이 나의 품에 기댄다. 달이 유난히 밝아 잊힐까 외로움과 투정으로 가득 뭉친 지난해 내 모습처럼 뒤척이다 중얼거리는 기억 속에 잠이 든다. 그렇게 또 다른 새벽하늘과 닿을까 싶어서.

불규칙한 것, 불가했던 것, 불가피한 것.
작은 별 하나가 오롯이 빛을 다해 빛났다.

스민 여름 :

스민 여름을 걷고

스민 여름을 걷고 나라는 마음에게 안겼던 순간과 너라는 마음에게 전했던 시간들을 우리라는 의미들로 채워 가며 함께 걷던 계절조차 함께라는 그늘들로 나눠 봐요.

비가 온 다음 날

감정의 울렁이는 현상들이 괜한 시간의 낭비라 생각되지 않아요. 자주 웃기도 하고 가끔 울기도 하고 내 마음에 솔직한 사람이 되고자 해요. 그렇게 세월에 남겨진 많은 감정의 색감들이 때론 오늘의 내가 아닐까 생각이 들거든요. 무엇도 채울 수 없어서 먼발치 두드리는 마음에 괜한 숨을 내뱉어 보지만 그 숨조차 안아 주는 내가 되려 해요. 당신과 내가 이토록 많은 감정의 낭비로 살아가지만 그 낭비는 원래 지난날에 대한 솔직함인 걸 오늘날 당신과 나는 알아요. 감정에 솔직한 하루가 되길 바라요. 무지개는 비가 온 다음날 더욱 예쁘게 피거든요.

무지개 속 감정들

한참 동안 당신과 나는 무지개를 닮았고 우린 여전히 많은 감정들로 피어났다. 빨주노초파남보 수많은 감정은 지금의 당신과 나인 것 같아서 사소한 다툼도 맑은 미소로 답하는 하루예요. 그렇게 우리의 시간이 조금 더 담백해지고 우리의 순간이 묵묵함으로 남지만 그만큼 서로에게 바라는 순간보다 이만큼 서로를 바라보는 시간으로 담기면 좋겠어요.

틀린 게 아니라 다른 거야

잘해 왔고 잘하고 있어. 약간 느린 거야. 틀린 게 아니라 다른 거야. 숨은 그렇게 차분히 고르게 쉬는 거야. 당신과 내가 웃는 날이 온다면 단내가 나는 숨이 피어날 거야. 지금의 씁쓸함이 달달함에 녹아 날 테니까. 한숨에 놓쳤던 마음을 단숨에 들이켜 보자. 슈숙-

보내는 이와 받는 이

어떤 이는 내가 아닌 나로 만들어 놓고 스치듯 나를 떠나가고 남은 이는 내가 아닌 내가 되어 스민 듯 아파 가요. 한두 잔 비워 낸 쓰디쓴 알코올이 꼭 쓰라린 모습을 안아 주는 것 같아서 퇴근길 무거운 걸음을 디뎌 봐요. 온전히 당신만 남은 몇 평짜리 세상 속에서 새삼 당신의 고된 하루를 남겨 봐요. 끄적임 속 희석된 감정이 한 방울 울리는 감성 속에 차오르는 마음으로 흘러 봐요. 그렇게 보내는 이는 받는 이에게 한잔 전해요.

피어난 그대

사랑이 피어나려면 사람이 필요해요.

그 사랑도 그 사람도 나라면 좋겠어요.

그대라는 화분에 나라는 꽃이 안길 테니.

미안하다는 말조차

우리의 다툼은 누구의 다름도 아니겠지. 옳다 느끼는 감정은 순간 솟아난 감성에게 밀려 났어. 아픈 구석을 남겨 가는 게 깊은 감정의 웅덩이가 생기는 건 아닌지 걱정이 돼. 미안하다는 말조차 이젠 익숙해서 정작 미안한 부분만 벗어나. 그렇게 익숙함이 무서운 건지 한참 동안 잊어 버린 고개 숙인 마음이 무거운 건지 그 웅덩이에 슬픔을 남겨 가. 웃어도 웃는 게 아니라는 노래 가사처럼 아름다운 모습 뒤에 숨긴 멍든 너의 마음을 잘 알아. 내일은 어제의 우리처럼 웃으면 좋겠다.

감정 앞에서

우린 하루에 수백 번씩 웃어넘기는 감정이 많은데 가장 가까운 너와 나는 마음의 감정에서 단어 하나하나를 웃어넘기지 못할까. 가장 가까운 감정의 관계인데 말이야. 정작 항상 웃어야 할 네 앞에서 웃지 못했어. 미안해.

어둠이 낯설도록 웃어 보자

하루가 왜 이렇게 빠르고 고단할까 생각들을 고뇌이며 그렇게 천천히 고단한 하루를 마감하는 우리야. 우린 그렇게 내일 걸어 볼 오늘과 같은 이 길과 마주하고 또 다른 아침날에 다짐으로 약간의 위로를 더해 마음과 조우해. 조금 부족하면 어떨까 흘린 미소가 낯설지 않은 하루야. 어둠이 찾아오는 이 시간이면 어젯밤 서글피 투덜거리던 마음을 위로해. 어둠이 떠나간 내일에는 또 한 번 이 공간에서 오늘밤 미소 짓던 마음을 안아 봐. 우리 곁 몰려오는 어둠이 낯설지 않게 웃어 보자.

수놓은 당신

너를 담을까 너를 놓을까 고민했는데 오늘 스친 너에게서 이미 오래전 스민 나의 마음을 느꼈어. 굉장히 두근거리고 뭉클거리는 설렘이 매 순간 같다는 걸 알았거든. 너와 내가 벚꽃이 춤을 추는 이 계절을 함께한다면 너라는 꽃과 나라는 미소가 만발할 수도 있겠다는 생각이 들어. 내일 만날까?

마음의 단내

감정의 농도는 다르지만 그 깊이는 같은 것 같아. 기피하는 다른 마음에 뒤틀린 고개는 또 다른 회피라는 시선으로 어긋난 길목을 돌아보게 만들어. 밀어내는 법에 익숙해지면 안아 보는 법에 숙여지는 마음을 남겨서 익어 버린 계절의 벼와 닮게 해. 쉽게 베어 내지만 어려운 가뭄 속 단내로 남을 것 같은 마음을 추스르지 못하는 것처럼 내일은 이해라는 햇살이 조금이나마 안아 주면 좋겠다.

끝나지 않은 이야기

고맙다는 생각은 이렇게도 쉽게 그려지는데 미안하다는 말은 참 뱉기 어려운 것 같아요. 우리의 관계가 인연에서 연인이 되기까지의 과정과 사람에서 사랑이 되기까지의 결말처럼 이야기 시작에 서 있던 당신과 나를 돌아봐요. 돌아와요. 아직 우리 이야기는 끝나지 않았어요.

품속

쉽게 놓아 버리면 쉬운 것

쉽게 넣고 어렵게 놓는 것

쉽게 놓지 못해서 슬픈 것

쉽게 놓칠 마음을 꽉 잡는 것

당신의 꿈.

오늘이 쌓이면

잘해 줘야지, 챙겨 줘야지가 아니야.

잘해 줘, 챙겨 줘가 맞아.

사람이 떠나는 건 한순간이고

사랑이 등지면 긴 시간이 걸려.

그만큼 소중한 사랑을 지키려면

이만큼 사랑한 사람을 지키려면

지금 네 앞의 사랑과, 지금 내 곁의 사람에게

오늘이 마지막이다 생각하고 잘해.

내일은 없어.

그렇게 오늘이 쌓이면 우리가 되는 거래.

사회 시간

닮은 척 돌려 깎는 사과. 사과는 달기라도 하겠지. 물먹은 사과를 모르는 척 달게 먹으려니 어중간한 포크질로 마음만 찌르는 듯. 차라리 껍질은 영양분이라도 있는데 영양 잃은 감정은 괜한 감성만 풍기는 듯했다.

숨과 쉼

약간의 쉼은 조금의 숨을 남겨요.
남긴 것에 당신을 돌아보는 시간으로 서 있길 믿어요.
담긴 것에 당신을 안아 주는 순간으로 걷기를 믿어요.
우리가 걸으며 묻고 답했던 시간과 순간에 남겼던 숨이
그댈 숨 쉬게 하도록 바라요.

존재의 이유

여전히 사랑하는 사람과 여태껏 사랑했던 사람과
한없이 사랑 줬던 사람과 한동안 사랑받은 사람이 있다.
이 모든 사랑과 그 모든 사람은 너라는 이유로 존재했다.
그 존재의 이유를 묻거든 답은 한 가지뿐이었다.

사랑해.

손 짓

하늘도 더운지 옷을 벗었다. 마음의 온도를 잃은 당신이 안쓰러워 품에 안아 보았다 놓았다 해 본다. 쑥스러움에 조금이나마 물든 모습으로 손짓을 나눈다.

술래잡기

외로우면 지는 거라며, 두려운 건 잊는 거라며, 사랑하면 잡는 거라며.
이제부터 내가 술래야.

네 마음 잡으러 가는 길.

그때 그 시절

완성된 사랑보다 완벽한 사람보다 채워 가는 사랑 속 물드는 사람은
그 값어치를 더해 간대. 당신은 나의 가장 따뜻한 계절이야.

그 시절.

기대도 좋고
기대해도 좋고

소소한 것과 사소한 것과 소박한 것. 당신이란 울타리가 아름답게 피워 준 우리란 행복의 꽃이야. 꽃 한 송이 매만지며 해맑게 웃는 오늘의 우리를 내일의 그대가 기억하면 좋겠어. 반복되는 일상과 번복되는 하루에 찾아오는 잦은 기침도 안아 주는 내가 되려 해. 가끔 기대도 좋고 자주 기대해도 좋아. 당신에 대한 내 걸음과 사랑을.

참…

한마디 남겨요. 참 당신 예쁜 걸음을 걸었어. 두 마디 건네요. 참 당신 예쁜 미소를 가졌어. 대화를 나눠요. 참 우리 예쁜 사랑을 하는 것 같아. 참 우리 예쁜 사람들이에요. 맞아요. 참 당신 예쁜 사랑이에요.

빙판길

때론 말하지 않아도 느껴질 때가 있다.
곁을 걷다 나도 모르게 미끄러질 때
우린 사랑에 빠지곤 한다.

손을 잡아 주면 아픔도 문제없다.

핑계란 이유로

습관보다 무서운 게 핑계라는데 너라는 습관이 내 마음에 핑계를 더해 놓지 못한 사랑인가 봐. 당신은 나에게 그런 사람인가 봐.

늦어서 미안해요

당신과 행하는 곳곳의 걸음은 바빴지만 당신이 멈췄던 마음과는 거리만 둔 것 같아요. 진작 걸어야 할 당신 마음과 내 마음의 거리였어요. 늦었지만 이제 낭만이 휘날리는 거리와 우리 관계의 거리조차 천천히 같이 걸어 봐요. 많이 늦어서 미안해요. 당신에게 가는 걸음.

너라는 계절

아름다움을 향기에 비유하자면
당신은 나의 가장 아름다운 계절이야.

코끝과 마음의 끝에 달콤한 당신.

중심

세상에는 억지로 할 수 없는 것이 너무도 많지만 그중에 너란 비중이 마음에 가득해. 기울어 버린 사람도 결국 너란 사랑으로 그 중심을 찾으니 말이야.

관계를 걷다가

사랑과 사람은 가끔 너무도 이기적이다.

내가 웃어야 당신이 웃는 것처럼.

내가 떠나야 당신이 돌아보는 것처럼.

웃던 너에게서 돌아선 나의 마음을 없애고서야.

관계.

먼발치 두드리는 마음

감정의 울렁이는 현상들이 괜한 시간의 낭비라 생각되지 않아요. 자주 웃기도 하고 가끔 울기도 하고 내 마음에 솔직한 사람이 되고자 해요. 그렇게 세월에 남겨진 많은 감정의 색감이 때론 오늘의 내가 아닐까 하는 생각이 들거든요.

무엇도 채울 수 없어서 먼발치 두드리는 마음에 괜한 숨을 내뱉어 보지만 그 숨조차 안아 주는 내가 되려 해요. 당신과 내가 이토록 많은 감정의 낭비로 살아가지만 그 낭비는 원래 지난날에 대한 솔직함인 걸 오늘날 당신과 나는 알아요. 감정에 솔직한 하루가 되길 바라요. 무지개는 비가 온 다음 날 더욱 예쁘게 피어나거든요.

현상.

사람과 사랑의 무게

복사하기, 붙여넣기, 오려두기, 붙여넣기.

잦은 감정의 반복은 번복을 되감으며 결국 당신과 나.

마음의 담금질로 남아 문득 뒤척임에 아파서 그래.

두 사람만

문득.

답하고 또 답하며

따뜻함만 불어오면 좋겠어. 가끔 스치는 차가움에 더욱 움츠린 마음이 계절의 기침을 더하니 아픔만을 덧대어 가. 괜한 투정도, 뻔한 핑계도 아니야. 딱 오늘만큼만 더 포근하면 좋겠어. 쓸어내린 한숨과 숨어 버린 아픔이 조금 더 웃는 네 모습에 녹아 나면 좋겠어. 좋은 것투성이라고 말하며 행복이 투정을 부리는 순간에도 잠깐 안기며 답하고 또 답하고 싶었어.

괜히.

춥지 않게 안아 줄게

아픈 마음에 남긴 따뜻한 말 한마디가 때론 덧나는 상처 속에서도 깊게 밴 따뜻함으로 담겨. 세상에 혼자라고 느낄 때 새삼 생각난 그 말 한마디가 스친 감성에 밀려나 스민 감정을 춥지 않게 한참 동안 안아 줄 거야. 당신과 나처럼.

우리가 짝인 것처럼

사랑의 시야는 항상 짝사랑인 것 같아요. 서로 사랑하는 우리지만 사소한 것에 틀어지기도 하고 생각지 못한 순간에 많은 감정을 홀로 남겨요. 괜한 투정이 꼭 사랑하는 사람이라 그런가도 싶어요. 이러한 우리의 관계가 나는 당신을 짝사랑하고 당신은 나를 짝사랑하는가 싶어서요. 시선의 무게는 가끔 정량이 되지 않아서 기울고 기울기를 수십 번 수백 번. 우리의 관계를 묻지만 결국 손을 입 맞춘 우리인가 싶어요. 이런 게 사랑이라면 그런 게 나의 사람이라면 사랑에 관한 사람에 관한 이야기를 인용해 봐요. 여전히 당신을 짝사랑하는 내 사람인가 봐요. 한없이 나를 짝사랑하는 내 사랑인가 봐요. 우리의 관계가 짝사랑이라면 오늘도 나는 당신을 짝사랑하나 봐. 우리가 짝인 것처럼.

117

문장을 완성했다

사랑에 곱해 본 사람은 우리란 의미를 남긴다.

나눈 아픔과 더했던 행복 끝에서.

당신과 나란 단어들은 문장을 완성했다.

러브스토리.

읽고 싶었던 건

오늘 하루 종일 몸이 아팠다며 너의 새벽만은 나로 인해 마음만이라도 아프지 않으면 좋겠다. 밤에 남긴 한 장의 편지가 너에게 도착하기 전에 이미 네 마음을 읽으려면.

익숙한 단내

두려움을 극복하는 법을 잃었다. 잊었다는 표현이 맞을지도 모르겠다. 가장 타오르는 순간 몽롱한 판단은 주변 시야를 잃는다. 잊은 시선은 달콤한 열매를 먹지 못하게 하지만 가끔 닿는 달콤함이 좋기도 하더라. 익숙한 단내다.

쉽게 생각하면 어려운 것

꿈이 있다는 것과 꿈이 없다는 것은 깊이 차이인 것 같다. 삶의 모든 순간을 행함에 있어서 힘들어도 즐긴다는 것과 시간 가는 줄 모른다는 것.

정신없지만 집중하다 작은 실수로부터 웃는 것. 아주 큰 깊이의 차이가 있는 것 같다.

깊이.

너라는 습관들

사랑은 당신에게 비롯한 많은 습관이 채워져 완성되는 것 같아요. 작은 버릇조차 이젠 닮아 가는 나예요. 그렇게 함께 하는 우리가 점점 서로에게 물들어 낭만을 전하는 가을 단풍처럼 당연한 추억들로 우리 곁에 계절의 나이만큼 동행해요. 꼭 당신을 만나러 갈 때 마음처럼 주저 없이 행하는 것이 정말 사랑 같아요.

습관.

나로 인한 기대

아무도 나를 찾지 않아도 누구도 나를 믿지 않아도 그대란 사람은 그대로인 사랑으로 나를 남겨요. 답하지 못한 시간이 미안해서 남기지 못한 순간을 돌아봐요. 우리가 행복이란 그늘 아래 숨을 나누는 이 밤이 불어오는 쉼이에요. 이유 있는 것들은 나를 힘들게 하고 이유 없는 것들은 나를 웃게 하네요. 모른 척 그대란 사람에게 기대며 나로 인한 기대를 남기고 싶은 밤입니다.

긴 생머리의 그녀

그녀는 쌀국수를 좋아하고 고춧가루를 팍팍 넣은 꼬들한 라면과 먹지 않은 간식들을 쟁여 놓는 버릇이 있었고 국밥 한 그릇을 뚝딱 해치우는 그런 모습도 가졌어. 천 원짜리 노가리에 생맥주 한잔을 맛있게 먹는 법도 알았고 생삼겹살보다는 바싹 구운 대패삽겹살을 즐겼어. 두 입맛이 맛을 통해 함께한다는 것은 정말 행복한 맛이란 걸 배웠어.

긴 생머리의 그녀에게.

마음에 깃든 시간

우리에게 내린 단비가 아픔은 씻고 행복만 가져 올 거야. 당신에 대한 내 마음을 어떻게 표현할까. 수만 가지 활자는 오늘도 그대 생각에 방황을 시작해. 당신도 나와 같다면 좋겠다. 잠 못 드는 이 밤에 가끔 우리 둘이 함께 있는 상상을 해. 저 하늘의 별이 하나씩 모여 어둠을 밝히는 은하수가 되듯이 기억이 모여 추억이 되고 추억을 담아 우리로 남을 테니. 마음에 깃든 시간이 나라는 순간으로 당신 품에 안기면 좋겠다.

마음이 깃든 이 시간.

그림이 완성되려면

그리워하기보단 그려 보려 합니다. 기대기보단 기대를 당신 품에 안기려 합니다. 말없이 기댄 그대를 사랑하려 합니다. 무뚝뚝한 어둠에 적막을 깨고 한 줄 햇살이 되어 준 당신입니다. 별들이 모여 이 밤을 비추도록 우리라는 기억들로 추억을 남긴 그대입니다. 지친 일상의 숨조차 나누며 웃음으로 털어 보는 우리입니다. 당신의 작은 기댐이 나에게 큰 기대를 남깁니다. 그렇게 행복이란 건 멀리 있지 않다는 걸 느낍니다. 당신이 내게 남긴 감정들과 우리가 함께한 감정들과 당신이 내게 안긴 감정의 조각들이 삶 속 텅 빈 마음들을 맞춰 가는 사랑인 것 같아 고맙습니다. 신이 있다면 신이 주신 가장 큰 행복은 당신인 것 같습니다. 이 그림의 완성은 우리 추억들로 그려지고 당신이란 사랑으로 채워질 예정입니다.

나에게 사랑은 계절과 같아

나에게 사랑은 계절과 같다. 당신과 함께한 계절은 나에게 많은 감정을 안겼고 당신과 걸었던 풍경은 나에게 많은 감성으로 스몄다. 스친 이유에 스민 과정이 오늘날 우리가 나눠 품은 사랑인가 싶었다. 나에게 사랑은 당신이란 계절이었다.

나에게 사랑은 스펀지와 같아

나에게 사랑은 스펀지와 같다. 당신이 무심히 훔쳐 버린 나의 아픔에 한동안 바보같이 웃었다. 스칠 줄만 알았던 우리의 시간은 당신과 내 곁에 스며들며 적신 눈물도 아픔도 아낌없이 닦아 줬다. 스펀지 같은 당신과 나의 사랑이 쏟아 낸 건 지난날 서로가 앓았던 아픔과 슬픔을 품의 온기로 안은 모습이었다.

나에게 사랑은 눈물과 같아

나에게 사랑은 눈물과 같다. 당신이 걷는 이 거리를 하늘은 적셨다. 묻어나는 슬픔을 지우기 위해서일까. 아닌 척 우산을 썼지만 그늘진 기억은 가릴 수 없었고 멈추지 못한 마음은 더딘 걸음으로 그날을 남겼다. 뒷모습이 남겼던 그 눈물에 괜스레 고개를 돌려보지만 그 뒷모습조차 흩어지는 기억에 괜한 추억을 더해 보았다. 멈추지 못한 건 그저 걸음이길 바라며 흐르는 마음은 그날을 걷다 지쳐 잠이 들었다.

나에게 사랑은 수학 문제와 같아

나에게 사랑은 답이 없는 수학 문제와 같다. 멀어진 마음은 깊어질수록 서로를 등졌고 풀리지 않는 문제를 남겼다. 몸은 여전히 가까웠지만 마음은 점점 멀어져 갔다. 놓지 못할 익숙한 사람이었지만 한순간 놓아 버린 사랑이었다. 돌아오는 길을 잃은 채 아닌 척 같은 길목을 다른 걸음으로 조금씩 닿을 듯 닿을 수 없었다. 풀면 풀수록 어려운 우리의 관계는 알지 못할 경계에서 만지작거리던 마음인가 싶었다.

나에게 사랑은 사진과 같아

나에게 사랑은 사진과 같다. 당신은 그곳에 멈춰 한참 나를 사랑스럽게 눈으로, 입으로 안았다. 담긴 우리의 모습은 몰아치는 바다를 품에 안았다. 더없이 따스한 햇살조차 품에 더했다. 답한 나의 마음은 당신을 닮았다. 닮아 가는 우리 모습은 그렇게 남겨져 오늘날의 모습도, 지난날의 모습도 훗날의 모습조차 여전히 머물 사랑으로 담았다. 담긴 당신에게 한마디를 남겼다. 한 장의 사진이 아름다운 이유가 뭔지 알아요? 왜요? 지금 이 사진을 보는 당신이 행복해 보이니까. 그날도 그랬겠죠. 고마워요. 나와 함께해 줘서.

나에게 사랑은 짝사랑인 것 같아

나에게 사랑은 짝사랑과 같다. 생각만 해도 두근거리던 그대인가 싶었다. 못 이기는 척 곁을 맴돌지만 불어오는 기다림과 뱉지 못한 용기만 휘날리는 시간들로 가득했다. 찰나에 돌아본 그곳엔 당신과 내가 아닌 당신과 다른 이가 웃으며 서 있었다. 그렇게 놓아서도 놓쳐서도 안 될 마음이라 적어 보지만 이미 당신 마음엔 나의 자리가 없는 듯했다. 탄원과 우울을 밤새 마셔 보며 아니라며 고개를 돌리지만 당신 손짓에 여전히 흔들리는 이 사랑이다.

은은함에 피었던 우리

너와의 만남은 어둠 속 피어난 꽃과 같았어. 불 꺼진 도시가 두렵지 않도록 은은한 별빛으로 내 곁을 걸었어. 조금씩 혼자인 게 무섭지가 않았어. 아니, 혼자이지 않았어. 사소한 것들조차 아름다움으로 남겨졌어. 그렇게 함께라는 단어가 응어리진 아픔을 녹여 버렸고 점점 달콤하게 굳어 가는 사랑이었어. 골목을 걷다 어쩌다 스친 너의 손길은 너무도 강렬해서 나도 모르게 그 손을 꽉 잡아 주었어. 그렇게 강렬함과 은은함은 우리 품에 안겼나 싶어. 그렇게 어둠 속 피어난 꽃 같은 네가 꺾이지 않고 환히 웃을 수 있도록 따스한 품으로 꼭 안아 줄게. 여전히 함께하는 우리 곁 약간의 어둠과 나라는 은은한 빛과 너란 밤하늘 꽃의 조화가 너무 아름답다. 내 품에 자라는 가장 아름다운 꽃이 돼 줘서 고마워.

어우러진 마음들

모른 척 사람에 기대 봅니다.

무심코 사랑을 기다려 봅니다.

당신이란 사람이 나의 사랑인가 봅니다.

보고 싶어서 당신을 닮은 하늘과 나를 닮은 구름만

바라봅니다.

그렇게 오늘도 바라 봅니다. 어우러진 우리 두 사람.

사랑이란 게 참

사랑이란 게 참 단순한 것 같아요. 마음과 마음이 서로를 알아 가고 함께 기대며 누군가를 기다리는 법을 배워 가는 것 같아요. 이 단순함들이 우리 관계를 담금질하는 게 아닌가 생각이 들어요. 점점 사랑이란 담금질은 우리 사랑을 더 강하게 만드니까요. 누군가를 기다리는 법을 배워 가는 것 같아요. 사랑이란 게.

당신의 색감

당신이 가진 고유한 온도는 말이 필요 없는 온기를 나눠 줘요.

당신에게 나도 그런 사람이 되고 싶어요.

말없이 당신 곁에 서서 품어 줄 수 있는 사람, 그런 사랑이 될게요.

사랑에는 순서가 없어요

사랑에는 순서가 없어. 누가 먼저랄 것도 없이 손길과 눈길 그리고 한걸음 다가가면 되는 거야. 첫 만남에 나도 모르게 자꾸 신경 쓰이고 사소한 것들에 움직이는 그대라면 이미 사랑에 빠진 줄도 모르겠어. 감정을 나누고 마음을 더하다 가끔 무뎌진다고 사랑이 떠났다 말하지 말아 줘. 이미 사람에게 녹아 든 그대야. 단지 사랑은 식었다 뜨거웠다 변덕이 심해서 안아 주면 기대고 놓아 버리면 차갑게 굳어 버려. 사랑에 단지 이유가 있다면 그 식힘과 데워짐조차 그대란 이유로 가능하니까. 그것조차 사랑일 거야. 그 이유는 쉽게 가지지 못하거든. 사람에게 이유를 묻고 사랑에게 순서를 물으면 이미 떠난 사랑이겠지. 오늘의 사랑이 내일의 사람이 될 순 없어서.

한참 동안

한 번쯤 아름다움을 담을 수 있을까 싶어. 이미 넘친 당신인데도.

한순간도

마주한 아름다움에 말을 잃었습니다. 두 걸음 앞 당신도 그렇고.

각자의 자리

세상은 다들 각자의 자리에서 외로운 것 같아. 꼭 잠 못 드는 저 달이 오늘의 너와 닮은 것 같아. 모두 아니라고 하는데 우린 어른이 되면서 외로움을 삭히는 법에 익숙해지는 것 같아. 그렇게 모습과 형태는 다르지만 마음은 똑같아지는 것 같아.

빼곡히

축적되던 아픔이 녹아나는 계절로 핀다면 좋겠어. 햇살이 가득한 여름날.

푸르게 채색하던 우리가 이 거리에 가득하겠지. 너라는 계절에 우리라는 풍경을 걸으며 노곤했던 오늘을 함께라는 이름으로 빼곡히 채워 줄 거야.

여름날

고집부리지 말고 고집 피우지 말고 고즈넉한 오후에 찔끔거리는 눈가를 하염없이 보냈어. 괜한 오해가 때론 이해로 바닥에 내팽개치지만 남몰래 한참을 주워 담은 뒤에는 꽉 잡았던 그것들이 부질없다는 걸. 새삼 몇 걸음 욕심을 내서 걷고서야 돌아봐. 마음이 품었던 것. 작은 시기도, 미련한 질투도 결국 틀에 갇힌 걸음이었던 걸. 뛰는 법을 몰랐던 것이 아니라 행하지 않았음을 해가 기운 뒤 급한 마음에 깨달아 봐. 욕심은 진심을 압박하고 숨 쉬지 못한 진심은 근심으로 방황했던 지난 여름날에.

안녕, 그대

잦은 그대 안녕에 오늘도 기대었어요. 당신과의 만남은 안녕이란 인사로 시작되었어요. 섞이지 않던 감정들은 마음을 빌려 닮아 가요. 첫 만남의 우연이 지속되는 만남에 필연이라 고쳐 적어요. 너무도 달랐던 우리가 너무나 닮아 가는 모습에 놀라는 하루를 서로의 품속에 기대었어요. 그렇게 두 사람의 거리는 빠르게 가까워지며 걸어가다가 기다리기도 하고 뛰어가다가 돌아서기도 수십 번, 수백 번 감정을 한 땀씩 수놓았어요. 어느 날 돌아본 우리는 원래 하나인 것처럼 서로를 닮아서 나의 버릇도, 그대의 습관도 이젠 그 경계를 찾을 수 없어요. 혹시나 아픔이 찾아와도 잊지 말아요. 한순간 가까워졌던 우리가 아닌 천천히 알아 온 우리가 서로를 한시도 놓지 않았다는 걸.

물든 가을 :

물든 가을을 지나

물든 가을을 지나며 나라는 풍경으로 나눴던 기억조차 너라는 낭만들로 품었던 추억조차 물들었던 지난날과 칠해 가던 오늘날을 안아 봐요. 함께였던 쓸쓸함도 나눠 가며 아련함도 더해 보고 이젠 우리라는 계절들과 그때 시절을 속삭여요

당신이란 버릇

사랑은 당신에게 비롯한 많은 습관이 채워져 완성되는 것 같아요.
작은 버릇조차 이젠 닮아 가는 나에요. 그렇게 함께하는 우리가 점점 서로에게 물들어 낭만을 전하는 가을 단풍처럼 당연한 추억들로 우리 곁에 계절의 나이만큼 동행해요. 꼭 당신을 만나러 갈 때 마음처럼 주저 없이 행하는 것이 정말 사랑 같아요.

고마워요. 나의 버릇.

손 닿던 그날

계절의 여운에 한없이 돌아보던 그대야. 괜한 투정도 잦은 농익은 감정도 여전히 품에 안던 그대야. 그대가 손 닿던 그날과 그대와 기다리던 기대를 품에 안던 오늘이 많은 생각으로 남겨지는 하루야. 한참을 돌아온 두 사람의 걸음에 작고 소박한 토닥임조차 당신과 나에게 큰 힘이 되길 바라. 그렇게 당신과 나에게 많이 스치며 스미고 남겨진 감정들로 인하여 조금 더 성장한 사랑이 되었음에 너라는 사람에 닿아 보길 바라. 여전히 고마워.

나의 기대야.

사랑에게서 사람을 당겼다

손끝에 스친 너인가 했고 손짓에 머문 나인가 했다. 우린 격정과 걱정 사이를 오가며 감정을 곱씹었다. 되뇌는 것과 되새기는 과정 속에 마주한 당신과 나였다. 그것은 가끔 아찔한 줄타기와 같았고 이것은 달콤한 줄다리기와 같았다. 그렇게 사랑에게서 사람을 당겼다.

미루다 보면

얼마큼 아프냐 묻던 네가, 얼마나 아플까 감춘 내가 오늘만은 그렇게 보내기 싫었어. 왜 항상 아무 말도 못하는 걸까. 미웠어. 사랑이란 게 그렇게 미루다 보면 지금 우리 두 사람의 거리처럼 쉽게 밀리는 것 같아서.

미루고 미루다 보면.

너라는 습관처럼

아프지 마. 네가 아프면 내 마음은 더 아프단 말이야. 항상 웃던 네가 뱉은 쓴웃음에 녹지 못하는 우리의 거리야. 서운함의 보폭만을 말없이 품에서 놓아. 다 품으려 했던 욕심들이 미안해라는 핑계만 안겨. 품어야 할 게 너라면 놓아야 할 건 아픔이란 걸 이젠 충분히 알거든. 네가 내게 남긴 그 마음들의 이야기가 맞아.

너라는 습관처럼.

배워 가는 요즘

너의 남자로 살아가는 법을 배워 가는 요즘이야. 가끔 밉기도 하지만 네가 좋아하는 음식을 더 좋아하기도 하고, 매번 투정 섞인 표정이지만 네가 사 준 옷을 이제는 익숙하게 입기도 하고, 갑자기 떠난 여행에서 생각지 못한 행복을 남겨. 매일 보는 네가 조금씩 나를 닮아 가는 모습에 또 다른 사랑과 사람의 의미를 더해. 말없이 나의 사람으로 함께해 줘서 고마워. 뻔한 멜로 말고 진짜 사랑인가 싶어. 고마워. 너의 남자가.

계절의 품

사랑한다는 이유로 상처 주지 않을게요. 작은 상처조차 아물도록 따뜻한 숨만 전할게요. 나라는 세상에 너라는 별이 빛날 수 있도록 가끔 어둠에 안긴 당신을 나라는 품으로 안을게요. 맞아요. 내 모습 귀퉁이에 기대앉은 당신이에요. 다가오는 봄날에는 당신에게 물든 내 품에 안겨 휘날리는 계절의 사색을 즐겨 봐요. 말없이 나의 품을 남길 테니 스며드는 당신이란 계절의 품에 나를 더할게요. 사랑해요.

지금 만나러 갑니다

사랑에 물드는 것인지 사람에 물드는 것인지 사랑이란 감정은 이렇게 나를 물들게 해요. 농도가 짙어질수록 더해 가는 마음의 깊이인 것 같아요. 기피하던 색 바랜 아픔만 씻어주는 하루의 후련함이길 바라요. 당신과 나의 행복을 지금 만나러 갑니다. 딱 거기 서 있어요. 내 곁에 웃는 당신이.

느리게 걷는 법

조금 더 느리게 걷는 법을 알게 된다면 진짜 사랑을 알게 된 거야.
조금 더 빨리 놓는 법을 알게 된다면 진짜 사랑했던 사람일 거야.
조금 더 빨리 마음을 안아 줬다면 아직도 너를 사랑하는 사람일 거야.
소중할수록 아껴야 하는 건 사람이고, 행복할수록 아끼면 안 되는 게 사랑이더라. 진짜로.

짙은 밤

유난히 감성 짙은 밤이야. 여전히 감정 짙은 밤이야.
어둠이 물들어 작은 방 안 내 마음을 빛나게 해.
움츠린 하루에 더딘 걸음이 또 돌아가야 할 일상에
뱉어 보는 생각이 담겨 가는 하루야.
보고 싶다.
바보 같지만 행복함에 웃던 네 모습이.

하나씩 조금씩

마음을 적셔 마음에 담았다. 흩어진 기억의 조각들을 하나씩 맞춰 보니 잊고 있던 당신의 미소가 보였다. 남겨진 추억의 퍼즐들을 하나씩 완성해 보니 그날의 당신이 서 있었다. 돌아선 뒷모습과 함께 보지 못한 슬픔도.

돌아가는 법

긴 터널과 같던 공백은 허기진 공복을 채우지 못했다. 그을린 어둠과 같던 여백은 불어 터진 행복을 남기지 못했다. 과연 못했다는 마음이 닿지 못한 그것과 그곳에 홀연히 모른 척 서 있을까 싶었다. 가끔은 알면서도 모르는 척 돌아보고 돌아가는 법을 배운다.

어떤 답보다

사랑하는 사람에게 물었습니다. 내 마음과 네 마음이 얼마나 같을 수 있을까? 우리가 만난 시간이 아픔으로만 낭비하지 않는다면 닮아 버린 슬픔이 꼭 함께한 시간과 비교되지 않는다면 수많은 이유와 핑계를 잊을 만큼 오늘도 함께한다면 이미 많은 순간에 나와 닮아 버린 사람이 답했습니다. 그렇게 우린 묻고 물어 온 사랑과 사람 앞에 있어 이렇게 많은 질문과 답을 남겼습니다. 오늘도 나에게 한참 동안 웃고 있는 내 모습과 이미 네 눈동자에 담겨 버린 내 미소는 이미 같은 마음이라 생각이 들었습니다. 그 어떤 답보다 말없이 바라본 서로가 느낀 감정이면 충분했습니다.

습관

비로소 다 잃고 난 뒤에야

비교해 다 앓고 난 뒤에야

우린 돌아선 사랑에게서

돌아본 사람에게서

아픔이라 읽어 본다.

물든 가을 : 물든 가을을 지나

눈물과 선물 사이를 걷다가

푸른 바다를 함께 걷는 당신과 나에게 어느 날 찾아올지도 모르는 이별이 불현듯 그려졌어요. 지금 이 순간만큼은 당신은 내게 눈물이 아닌 선물로 몰려오면 좋겠어요. 밀려오는 감정에 쌓여 가는 시간조차도.

한 줄 글귀

얼마나 울어야 끝날까요. 얼마나 더 아파야 아물까요. 얼마큼 더 슬퍼야 무딜까요. 모르는 당신과 내가 한 줄 글귀에 기대는 이유예요. 틀리지 않은 당신이에요. 조금 다른 당신이에요. 마음이 아물고 조금씩 숨 쉴 때까지 나의 글에 조금 더 기대도 좋아요. 한 줄 글귀에 담긴 당신.

우리가 쌓이면

인적이 드문 거리를 걷다가 북적이는 네 마음을 따라 걷다가 모른 척 고개를 돌려 나 홀로 안겨 본다. 말없는 손짓과 설렘만을 더하고 한동안 허공에 네 모습을 그리며 불현듯 마주한 시선에 행복을 담는다. 너란 사랑이 시간으로 흐르며 나란 사람이 순간으로 쌓이며 우리란 관계에 서서 한참을 바라본다. 그렇게 내 사람에게 내 사랑을 적는다.

또 다른 이름

너를 물었고 나를 답했다. 우릴 나눠서 서로에게 곱했다. 다른 모습의 마음으로 닿았다. 사람의 또 다른 이름으로 사랑으로 불렸다.

행복해지는 법

우연히가 좋았고 여전히가 값졌습니다. 당신은 내게 파도처럼 밀려와 바람처럼 스몄습니다. 우리의 첫 만남을 당신과 나의 기억들로 걸어 볼 때면 여전히 좋았고 우연히도 값진 당신을 만났습니다. 그리고 알아 버린 당신에게 말했습니다. 당신을 통해 나를 돌아보는 법을 배웠고, 당신 곁에서 다가서는 법을 알았고, 당신과 함께 행복해지는 법을 익혔습니다.

농익은 건

사람을 녹여 사랑에 담았고

굳어진 우리의 관계였다.

농익은 건 그림자도 안았던 사랑이었다.

농익은 우리가 사랑의 과즙으로 가득한 거리를 걸었다.

당장이라도

모른 척하기엔 헤어짐을 슬퍼하는 네가 너무 안쓰러워서 그래. 아는 척하기엔 잊혀짐을 두려워하는 내가 너무 아플 것 같아서 그래. 이 모든 게 딱 맞아 떨어지는 감정이라면 우린 이미 사랑했겠지? 딱 이 정도의 거리가 우리 관계인가 싫어. 지금 당장이라도 네 아픔은 내가 안고 넌 행복만 걸었으면 싶어서 그래.

뻔한 농담

뻔한 농담에도 설레는 우리의 마음처럼. 뻔한 사랑에 안기는 당신처럼. 많은 연인과 인연의 관계는 아주 미세한 감정의 농도에 따라 그 색감이 진해지기도 흐려지기도 해요. 그려 왔던 기억들과 칠해졌던 추억들의 사이에서 우린 사랑이란 노을과 마주하는 것 같아요. 그 어떤 의미로든 눈앞에 아른거리는 감정을 바라보게 되는 것 같아요. 그렇게 알다가도 모를 그 사람에게 걷는 오늘 밤 이 거리가 유난히 밝아요.

문득 계절을 걷다가

정작 담겨야 할 우리 이야기를 남기지 못했던 어제야. 괜한 투정으로 밀어내는 마음이라 오해하지 않았으면 좋겠어. 정작 어제의 우리도, 오늘의 그대도, 내일의 나조차 마음이란 걸음 아래 쌓아 가는 사랑이라 말하고 싶어. 핑계 섞인 감정으로 아프게 했던 지난날과 오늘날 무심히 뱉어 버린 감정에 혹시 베인 마음이 아니길. 계절을 걷다가 문득 울먹이는 당신이 품에 안겼어. 뒤섞인 감정과 마음에도 함께하는 우리기에. 그 손 꼭 잡고 걸을게. 두 사람이 알았고 배우고 익혔던 미안함과 고마움이 곧 낭만으로 가득한 가을을 걸으며 안겨 줄 거야.

가장 큰 이유

우리의 다툼에서 가장 큰 이유가 뭘까 생각해 봤는데 네가 좋다 보니 자꾸 내 시선에서 너한테 이해를 바랐고 그 이해가 또 다른 이해를 삼켜 당연한 것처럼 이야기하는 것 같아. 너는 처음 그대로인데 분명 관계의 발전에 있고, 변하고 서로 닮아 가는 건 사실이지만 내가 바라는 너의 모습을 원하는 것 같아. 내가 원하는 그 모습이 아니라서 자꾸 잔소리하고 화를 내는 건 아닌지 싶어. 너는 그냥 그대로인데 나한테 맞춰서 변해 줬으면 하는 바람이 커서 그런가 싶어. 내일은 우리 두 사람 입가에 시원한 바람이 불어오면 좋겠다. 고마워. 나란 사람을 놓지 않고 끝까지 싸워 줘서.

변함없던 한 가지

당신의 물음에 문득 답해요.

마음이 여전히 당신을 좋아해서.

정답.

홀딱 젖은 하루

비에 홀딱 젖어 버린 건 분명 너인데
널 마주한 이 마음은 이미 너로 젖었어.
아픔은 남겨 둔 채 행복만 쓰고 갈래.
당신만 펼칠 수 있는 하나뿐인 우산이 될게.

갠 하루.

녹아나는 마음

알다가도 모르는 게 지난 사람인데 모르다가도 알게 되는 게 진짜 사랑이래. 진심이 담긴 말 한마디에 녹아나는 아픔의 시간만큼 묻어나는 그대인가 봐.

진심을 다해.

한참을 웃고서야

아픔을 삼키기 어려운 만큼 슬픔을 곱씹는 게 두려운 만큼 감정이 농익음은 돌아본 당신에게 밀려오는 행복으로 당신 품에 미소라는 항복을 남길 테니.

진짜 웃는 법을 알고서야.

무게

당신에게 나에 대한 기울기를 물었다.

당신은 마음의 무게만큼 답했다.

이미 가득한 당신이라며.

과거의 당신도 현재의 당신도

정말 만나고 싶던 건 과거의 당신도 현재의 당신도 아닐 거예요. 남기고 싶던 건 현재의 나도 과거의 나도 아닐 거예요. 이 모든 과정의 순간이 깃든 마음과 당연시 마주하고 담았던 당신과 나의 일상 속 스친 듯 스민 내 사랑일 거예요.

당신은 그런 내 사람이에요.

번진 감정

위로한다는 것은 누군가 위한다는 것 같아요.
기댄다는 것은 누군가 기다리는 것 같아요.
머물렀던 건 수백 번 쓰고 지운 당신인 것 같아요.

결국 종이 한 장에 번진 감정만 내 곁에 남아요.

일기장에 남겨진 그날의 내 사랑과
그린 일기.

연

차가운 입술에 덧칠한 생각.

따스한 눈가에 지워진 아픔.

그렇게 당신 생각과 나의 연.

인연이 연인이 되기까지.

화분이 되려 한다면

꽃이 피다. 지다. 웃다. 울다. 싫다. 좋다. 모두가 그랬다.

꼭. 화분이 되려 한다면.

때론 포근하게 자주 시원하게.

꽃을 안아 줘.

아물어 버린 시간

어른이 된다는 건 상처를 치료하는 게 아니라 아픔을 덧나지 않게 하는 법을 배워 가는 것 같아요. 결정과 결과를 덤덤히 받아들이는 거에 익숙하기보다는 많은 과정과 그에 따른 책임감의 경우를 생각하고 정리해 보는 법을 배워 가는 것 같아요. 우리가 어른이 되어 가는 배움의 시간이 점점 잦아지는 것 같아요. 그런 것 같아요.

사랑이란 이유로

내 곁에 짙게 물든 당신은 이미 내 삶의 한 줄 카피가 되었다.

뒤척이는 당신에게

희석된 감정은 점점 그 의미를 잃어 간다.

불현듯 물에 퍼져 버린 순간은 지운 시간들로

보일 듯 물에 잠겨 버린 시간은 지친 일상들로

농도가 짙어진 감성에 달빛은 창가로 서성였다.

행복의 울타리

너를 물었고 나를 답했다.
우릴 나눠서 서로에게 곱했다.
다른 모습의 마음이 닿았고
행복의 울타리를 함께 거닐다.

사랑이 번지다

마주한 아름다움에 말을 잃었습니다. 오늘의 당신도 그렇고.

186

사람이 번지다

너라는 집으로 다시 돌아가. 나라는 마음속에 다시 들어와.

전하려는 마음의 온도

필요할 때 곁을 지켜 줄 수 있는 타이밍, 그걸 우린 사랑이라고 부르는 것 같아요. 사랑에 대한 기억도, 사람에 대한 추억도 행복할 때보다 힘들 때 자주 찾아오며 가장 행복할 때 홀연히 떠나기도 하는 것 같아요. 사랑이란 거 어렵지 않아요. 가끔은 말없이 사랑하는 사람을 꼭 안아 주세요. 마음이 기억할 거예요. 당신이 전하려는 마음의 온도를.

창가에 묻던 시간

걱정이 격정으로 몰아치는 밤이에요. 어둠 속 달빛조차 그늘진 발걸음을 들킬까 두려워해요. 빛과 어둠이 충돌하는 기분이 들어서 몽롱한 생각들은 방황하는 별빛과 같은지 은은히 빛나는 별들 곁에 환한 별빛으로 어둠을 밝히기도 하지만, 가끔 드는 생각은 막상 눈을 뜨니 혼자 남겨질까 매일 둘러싸인 어둠이지만 매번 빛으로서 자신을 알리는 건 아닌가 싶네요. 방황이란 게 꼭 정리되지 않은 감정을 가두는 것 같아요. 작은 창문 틈으로 들어온 그것을 한없이 바라보는 나입니다. 꼭 내 모습 같아서.

아주 가까운 곳에

행운은 멀리 있지 않아요. 멀어지는 건 노력하지 않는 당신 모습이에요. 행복도 당신 곁 아주 가까운 곳에 있어요. 멀리 있는 건 웃지 않는 당신 마음이에요. 행운도, 행복도 결국 당신의 단순 걸음이 아닌 단지 마음가짐에 담겨요.

사이에서

꽃이 아픕니다. 꺾이는 시절과 피어나는 계절 사이에서.

이유가 뭐든

몸이 아픈 것보다 마음이 아픈 게 속상해.

사랑의 확률

세상에는 알다가도 모르는 것투성이고 하루에도 지나가는 스쳐 가는 수많은 사람 속에서 발견한 너란 사랑이야. 우리가 만나서 서로를 알아 가고 이해하고 배려하고 다투다가도, 사랑하고 삶의 한 부분을 함께하고, 기억도 추억도 가꿔 가며 미래도 그려 보고 같이 꿈을 꾸며 사랑할 확률이 얼마나 된다고 생각해? 이 확률 속 우리의 관계는 이렇게 소중해. 내가 너를 사랑할 수밖에 없는 이유. 이유가 돼 줘서 고마워.

조금 달라도 좋아

꽤나 가을스럽다. 낙엽의 낭만이 지난가을의 풍경을 기억하는지 유난스럽게 속삭인다. 그곳을 따라 걸었다. 한참 걷다 보니 서둘러 녹아 버린 마음 한구석과 닿았다. 지난날 가을

인가 싶어 물었다. "언제쯤 우리가 같은 시간을 걸을까?" 모른 척 계절이 농익음으로 당신과 나의 다름을 닮게 했다. 그렇게 돌고 돌아 또 다른 가을과 계절 속 우리를 닮게 하는가 싶었다. 추운 줄도 모르고 돌아온 그곳을, 녹은 줄도 모르고 시작한 그것을 "조금 달라도 오늘 우리가 같은 순간을 걸었어."

두 사람은 또 한 번 가을스럽게 속삭이며 웃었다.

이 문장에 의미를 더해요

당신이 남긴 흔적이 한 편의 시가 되었고 당신을 더한 추억은 이 문장에 의미를 더해요. 그렇게 기록한 나날들이 이렇게 기억하는 지난날로 서성이는 날이에요. 상처가 아문 뒤 돋아나는 시간에 아팠던 마음은 이미 오래전 내 곁의 당신으로 묻었고 돌아온 순간에 그리운 마음은 여전히 당신 곁내 숨결만 담겨요. 놓았던 것도, 놓쳤던 것도, 한참 동안 잡았던 것도 지금 내 앞에 남겨져 당신에 관한 마음들을 또 한 번 되감아 듣고 적어 보며 이제야 이 감정을 남겨요.

꽃 길

꼭 잡은 손길은 그대를
꽉 잡은 눈길로 당신과
꾹 담은 사랑을 걷게 해.

꽃길만 걷자.

달아, 너무 슬퍼하지 마

당신이 놓은 저 달은 희미한 어둠에 안겼다.

마음을 잃은 그 달은 어둠 곁 밤하늘에게 물었다.

"너희에게도 내가 잊힐까?"

어리둥절한 표정을 짓던 밤하늘은 도리어 달에게 되물었다.

"우린 품이 아니라 그저 바라볼 때 아름다운 걸까? 추억은 꺼내 보는 맛이 있고 기억은 되뇌는 맛이 있듯이 말이야."

말을 잊지 못하는 달에게 밤하늘이 말을 이어 갔다.

"달아, 너무 슬퍼하지 마. 모든 걸 품은 어둠도 알고 보면 외로워해. 은은한 별빛 곁에서 말없이 그저 바라보잖아. 결국 느끼는 건 외적인 모습만은 아닐 거야. 결국 중요한 건 속에 있는 마음이잖아. 그 마음을 꺼내 놓고 전하기까지가 어려운 게 아닐까 싶어."

밤하늘의 이야기에 생각으로 마음이 기운 달이었다.
이별을 전한 당신은 작별로서 그 은은함조차 잊었다.

–

달도 차면 기운다.

: 세상의 온갖 것이 한 번 번성하면 다시 쇠하기 마련이라는 말.

떠난 겨울 :

떠난 겨울에 서다

떠난 겨울에 서며 나라는 기억에 서성일
그대와 너라는 추억에 기대 돌아본 나를
새하얀 도화지에 또 한 번 그려 봐요.
그렇게 안았던 건 사랑이고 이렇게 놓았던 건
사람인걸. 걷고 걷다 마주한 그날의 당신과
오늘의 나에게 물어요. 눈꽃이 아름다운 게
꼭 계절이 주는 여운만이 아니란 걸
떠난 우린 이제야 알아요.

나누지 말 슬픔

끊이질 않던 대화가 멈춘 순간에 그 공허함을 잊을 수가 없어요. 몰아친 감정의 정전에 두 눈을 지그시 감았어요. 빛을 잃은 순간에 무심한 감정들이 우리의 시간에 시퍼런 멍을 남겼어요. 결국 사랑을 나누던 우리는 아픔을 나눠 가지며 말라 버린 입술로 애타는 표현만 혀끝에 남긴 채 우린 남이 되었어요. 당신도 나와 같겠죠. 오늘 핀 무지개가 너무 아름다워서 뭉개진 감정들은 갈피를 못 잡아요. 뒤섞인 감정들이 이렇게 아픈 줄 알았다면 나누지 말 슬픔이었어요.

배려라는 핑계로

자주 울었고 자주 묻었다. 자주 물었고 자주 믿었다. 이렇게 자주 내 곁에서 멀어지는 당신을 붙잡으려 애썼다. 눈물이 멈추지 않아서 여전히 지울 수 없는 내 곁 너의 가득한 흔적에 나의 아픔을 마음 깊숙이 묻었다. 가끔 아닌 척 당신에게 물었다. 한참을 망설이던 너에게서 다가온 감정을 또다시 아닌 척 밀어 보려 애썼다. 당신의 입가에 뱉어 낸 그 한마디를 나는 바보같이 믿었다. 아니 믿으려 했던 걸까. 너무 사랑해서 헤어지자던 그 말을 돌이켜 보면 당신과의 관계에서 나는 솔직하지 못했지만 마음에게 배려라는 핑계로나마 끝까지 널 존중한다는 어리석은 선택을 남겼고 마지막 그 감정만은 진심인 걸 알았기에 내 마음과의 관계에선 꽤 진솔했던 것 같다.

우리라는 결과

사랑이란 시작을 통해 사람이란 과정을 배웠고 우리라는 결과를 남겼다. 당신과 나의 계절에 핀 그 어떠한 꽃보다 당신 입가에 피어난 미소는 한없이 아름다웠다. 고마워. 함께 했던 그해 겨울과 걸어가는 당신이란 계절에게.

밀려난 너와 남겨진 내가

감정의 파도에 밀려난 건 너인데 쌓여 가는 감정은 너의 흔적을 자꾸만 걷게 해. 바란 것 하나 없던 나인데 작은 바람이 불어나 몰아치는 아픔에 떠난 그날을 또다시 헤엄쳐. 허우적거리는 감정에 나도 모르게 네 앞에 서지만 묻는 게 아픔뿐이라 돌아선 뒷모습도 안아 주지 못했어. 미안해.

고작 돌아보면

돌아보면 고작 닿을 수 없던 인연인 걸요. 모든 걸 꺼내어 줄 수 없지만 걷다 보면 닿을 듯 놓친 연인인 걸요. 참 가까이 밸은 숨이라는 걸 모두 아는 우린 다른 숨을 쉬었던 것뿐인 걸요. 아무 말 없음에 반복하기 싫은 연인 걸요. 생각처럼 쉽지 않은 게 사랑이 밸은 사람인 걸요. 참.

빛을 다한 당신에게

무뎌진 내 모습인지, 무너진 그날의 나인지, 당신이 머문 자리가 눈물을 멈추게 한 그날에 어색하게 뱉어 버린 우리의 한숨이 서로의 등과 조우한 우릴 남겼어. 등진 모습과 돌아선 관계가 한참을 멍하니 걷게 했어. 그냥 울어 버릴걸. 한참 동안 말없이 너의 뒷모습에 인사하지 못했어. 당신이 한동안 머문 자리에서 네 눈 밑을 안아 줄 걸 그랬나 봐. 그렇게 흘린 이별만 안겼고 빛을 다한 당신의 감정만 안아 봐.

사랑의 온도를 잊기 전

오늘의 나는 당신에게서 우는 법을 잃었고

여전히 나는 당신을 잊는 법만 배워 가.

참 일방적이지만

참 일방적이지만 난 널 쉽게 그릴 수 있어. 가끔 술기운에 지난날을 헤엄쳐 보지만 한참 동안 푸른 기억에 속아 여행을 떠나. 헤어나지 못하는 추억의 술독 속 독한 말을 뱉어내던 그날의 나를 만나. 잘못했다며 되풀이하던 나에게 묻고 묻던 너의 미세하게 떨리던 목소리가 기억나. 내 잘못을 이제야 알겠어. 우리가 그린 그림에 넌 색을 칠하지 않았단 걸 이제야 알겠어. 두 사람이란 그림 속 네가 지운 미소도 모른 채 차가운 너의 눈물과 나의 이기적인 모습만 가득 하더라고. 넌 이미 오래전 지우기 시작한 그림이었단 걸 왜 외면했을까 싶어. 여전히 일방적이게 내 곁에 그린 너를 놓지 못하는 걸까.

똑같이 아픈 이유

무거운 숨결이 남긴 당신과 나의 거리는 응어리진 감정만 고인 채 질척이는 감성으로 그 웅덩이 주변만 맴돌게 했다. 불과 눈앞에 멀어진 그 거리는 닿을 듯 닿을 수 없음에 오늘의 내가 그날의 네가 똑같이 아픈 이유인 듯했다.

반복되는 숨이야

파스텔을 닮은 여러 감정이 당신에 대한 기대로 뭉치다 보면 어느 순간 뭉개지더라. 그 쉽사리 주워 담을 수 없는 공허함에 작은 한숨을 내뱉을 때면 당신은 저 멀리 있던 듯 없던 듯 무심히 눈앞에서 사라져. 그렇게 짙은 색감으로 나를 칠하던 당신인데 이렇게 번져 버린 세상이야. 마음의 그리움으로 수정해 가는 하루만큼 덧칠해 가는 기억에 행복이라 믿어 보지만 흐릿해진 조각이 괜한 기록으로 널 맞춰 가. 넌 이미 오래전 놓아 버린 손이란 걸 새삼 알면서도 반복되는 숨이야.

얼룩진 건

겨울비가 내린다. 얼룩을 지우기엔 이미 흥건하게 번져 얼어 버린 마음이었다. 고인 기억은 젖어 버린 아픔이었다. 스민 시간에 물줄기는 불어 터진 그날의 순간처럼 스친 인연이 되었다. 비가 온 다음 날 맑은 날씨는 오지 않았다. 그렇게 불쑥 어둠이 찾아온 마음에 또다시 비가 내렸다. 찾으려 애쓰던 나와 잊으려 애쓰던 당신이 같은 밤하늘 아래 같은 하늘을 바라보았다. 빗물이 가져 간 씻긴 연인이었다. 눈꽃으로 얼어 버린 아름다운 인연이었다. 얼다가 녹기를 반복하다 얼룩진 연인가 싶었다.

한 걸음 물러선 채

이미 오래전 당신을 놓은 것인지 놓친 것인지 잊은 것인지 나는 잘 모른다. 애써 되감으려 애쓰지도 않았다. 불현듯 희미한 기억만 흐린 날 깜빡임을 채운다. 그렇게 사람과 사랑

사이에 아파하던 지난날은 가끔 너무 따뜻한 기억으로 추억이란 오류를 범하며 그렇게 초록 불을 건던 우리는 빨간 불이 돼서야 서로에게 한 걸음을 물러선 채 멈췄다. 오랜만에 바라본 노란 깜빡임은 비가 내린 어느 날 오후 녘 시선에 빛을 바랐다.

맞춤법검사기

이렇게 우린 웃고 싶어 울었고 울고 싶어 웃었다. 감정이 흔든 건 뒤돌아선 너의 뒷모습만이 아니었고 감정이 아픈 건 멈춰 선 나의 그림자뿐만이 아니었다. 서늘한 그늘이 서글픈 하늘이 되지 않기를 바랐고 창밖에 어둠이 별빛으로 물들길 기도했다. 휘몰아칠 어둠에 잠깐이라도 웃던 미소가 잠들지 않도록 그렇게 우린 별을 나눠 가진 채 이별을 했다.

*교정된 내용이 없습니다.

정작 그날

네가 웃고 지냈던 순간보다 네가 울며 지났던 시간이 많다는 걸 알아. 눈가에 멍든 기억이 남아 여전히 꼬리표처럼 뇌리에 스친다는 것도 알아. 계절을 걸으며 피어나는 추억 속에 웃고 있던 모습들이 행복하다는 걸 우린 알아. 근데 정작 그날의 네 마음은 왜 알지 못했을까. 혹시 너는 아니.

이별 기행

빛이 나기도 하고 빛을 잃기도 하지만
마음처럼 항상 그 자리인 것 같아서
이별은 사랑의 또 다른 이름인 것 같아.
너라는 별과 나라는 별로 나뉜 두 개의 별.

마음만 남긴 채 여행을 떠났다.

핑계를 더했다

한동안 사람 타령을 하다 보니 문득 든 생각이 있어.
한참을 사랑 타령하던 너와 내 모습을.

한동안 지운 건

나 이제 당신을 지우려 해요. 당신이 남긴 마음속 흔적을 조금씩 눈물로 닦았어요. 오랜 시간 묵은 추억과 두터운 시간에 감정으로 미끄러지기도 하고 감성으로 흔들리기도 했지만 이젠 매만진 순간이 닳아 아무렇지 않은 척해요. 다만 거리를 걷다가 당신을 닮은 사람을 만나면 나도 모르게 걸음이 빨라져요. 그리고 모른 척 돌아서요. 그날도 그랬어요. 아픈 당신 마음을 모른 척 빠르게 돌아섰어요. 닮아 버린 모습이지만 닮아 버린 모습이라서 지운 당신이 흐릿하게 남아 여전히 당신은 내게 버릇이 되어 버린 것 같아요. 잘 가요. 이미 오래전 당신이 지운 기억이겠죠. 난.

품을 놓았다

사랑에 있어 무언가 나누려 하기 전에 누군가 놔두려 하기 전에 돌아보는 법을 안다면 돌아가는 법을 잊을 거야. 어둠 속 이별이 당신 품에 없었던 것처럼.

돌아가는 길을 잃고

그만 울어. 그대 눈물 닦아 줄 내가 이젠 없잖아. 그만 웃어. 그대 미소 안아 줄 내가 이젠 없잖아. 그만 안겨. 그대 모습 바라만 볼 자신이 없어. 보고 싶다.

세상에 가장 아픈 건 나라며

사랑을 돌아보는 계절이 왔다. 겨울 눈꽃은 이미 아문 당신의 상처를 보듬는지 모른 척 고개를 떨군다. 사람에게서 남긴 사랑이 설레는 봄을 걷고 타오르는 여름을 지나 돌아보는 가을을 걷다가 겨울이 왔다. 당신과 나란 계절은 그렇게 따뜻했고 뜨거웠고 시원함을 걸어 쌀쌀함에 돌아서며 또 다른 풍경에 섰다. 기억은 풍경에 스몄고 추억이란 공간에 멈추게 했다. 그렇게 우린 많은 감정의 사랑을 나눴고 두 사람은 서로의 마음에 더욱 짙게 물드는 듯했다. 모른 척 멈춰선 그곳은 우리가 처음 만난 거리였다. 그리고 돌아선 거리였다. 행복이란 게 한 사람의 기억만으로 오작동되기도 한다. 사소한 것에 추억은 쉽게 쓰라림을 호소한다. 죽을 듯 아프다가도 모른 척 괜찮아한다. 익숙함이 마음에 마음을 더하며 사람을 배우는 계절이 왔다. 행복을 받는 게 익숙한 우리지만 나누는 것에 익숙하진 못하다. 그렇게 받기만 한 행복은 우리라는 계절을 멈추게 했다. 떨어지지 않던 입가의 말처럼 마음에 남겨진 그것은 가끔 나타나 당신을 멍하니 걷게 하였다. 세상에 가장 아픈 건 나라며.

많은 소홀한 밤에게

정작 놓아야 할 것들에 미련을 품었고 진작 해야 할 것들에 시련을 남겼고 시작했던 것들에 대한 소홀한 밤을 전했다. 두서없이 써 내려간 하루의 간격은 생각보다 녹록지 않았다. 비집고 들어선 사회는 말뿐인 것들로 가득했고 채워지지 않는 마음은 허기짐에 창밖을 비췄다. 멍한 생각과 기억은 조작으로 우울이란 단어를 빌려 써 보며 보이지 않는 대상에 그리움이라 적셨다. 우린 하루에도 생각지 못한 것들에게 많은 소홀한 밤을 표한다. 모른 척 품에 넣어 삭힌 그것은 코끝을 찡하게 만들며 무심히 바라본 사진 한 장에 눈물을 훔친다. 잘하고 있다 말하던 시간이라 즐기며 써 내리던 순간들을 돌아보는 밤이 되길 바란다.

모른 척 지운 기억

내 삶에 빼곡하던 당신이 그리워 아무 말 못하고 그날을 끄적여 봅니다. 남겨진 건 평범한 당신 이름 석 자. 내겐 특별한 단어가 되어 우리라는 문장으로 끄적이는 감정만 남겼습니다. 그렇게 놓아 버린 당신 손길이 그리워 매만져 보지만 닳아 버린 손길은 무심히도 당신을 알지 못했던 그날로 돌아섰습니다. 우린 사람을 통해 사랑을 배운다고 합니다. 사랑에게 배운 사람은 우리라는 문장으로 마음에 기록됩니다. 기록된 그것이 기억된 그곳으로 우리를 걷게 하는 건 아닌지 생각이 드는 밤입니다. 당신 곁 남겨진 내 이름 석 자가 혹여 창밖에 기대어 잠 못 드는 당신을 뒤척이게 하는 건 아닌지 싶어 모른 척 지워 봅니다. 오늘도.

길을 잃었나 싶어요

늘 함께했던 것들이 오늘따라 너무 춥게 느껴져요.

혹시 당신이 길을 잃은 건 아닌지 나는 오늘도 그곳을

서성이다 그날에 멈춰 있어요.

길을 잃은 건가 싶어서요.

쓰라린 핑계만 더했다

말이 없던 그 사랑에 쓰라린 핑계만 더했다. 미안함에 돌보지 못한 사람에게 이유만 전했다. 뻔한 것들이 뻔뻔한 질감으로 숨을 남겼다. 말없이 안기던 당신을 밀어낸 건 정작 나였지만 단내가 날 정도로 바보같이 걸었다. 정말 당신을 사랑하는 이유가 단지 말뿐이 아니길 나에게 물었다. 바보같이.

이별에 묻지 못했던 순간

이별에 있어서 가장 큰 두려움은 나도 그 사람처럼 아무렇지 않게 지낼 수 있을까인 것 같아. 그렇게 또 다른 사랑에 있어 가장 큰 무서움은 나도 그때 그 사람처럼 아무렇지 않게 지내게 될까 봐. 바보같이 난 아직까지도 내 사랑이 온전하다 믿거든.

쉼조차 숨조차

바닥에 펼쳤던 마음은 결국 가을 낭만도 안지 못하고 휘날리는 듯했다. 쉼조차 숨조차 놓인 손길에 모른 척 안기기엔 너무 멀리 걸었나 싶었다. 많은 이해가 아닌 작은 토닥임을 번복하기엔 반복하는 숨이라 애써 손길을 휘저어 보지만 이미 겨울이 온 건가 싶다. 갈피 잃은 기피는 또 다른 순간으로 닿을 듯했다.

닮아 가는 만큼 닳아 가는 걸까

너의 일방적인 이야기는 날 질리게 했고
나의 이기적인 침묵에 넌 큰 오해를 샀다.
그렇게 우린 닮았지만 달랐다.
닮아 가는 만큼 닳아 가기도 했다.

남과 여.

한마디 남겨요

너에게 말하지 않았어. 나조차 들으려 하지 않았어.
우린 한참 동안 마음의 모습을 숨기고 말았어.
그렇게 숨긴 모습은 너조차 잃고야 말았어.
이렇게 남긴 나조차도 진심을 전하지 못했어.

모습.

안기고 안겼던 감정

불규칙 속 불편함이 때론 극에 달아오른 감정으로 표해진다. 안아줌에 또 한 번 속았다며 마음은 지쳐 간다. 그저 그 순간을 느낄 뿐 당연한 건 없다는 것을 혹시나 했고 역시라 답했다. 무너지지 않는 법과 이겨 내는 법을 배워 가는 시간 또한 안겼다.

후회는 핑계를 이기지 못했다

함께 걷던 거리의 신호등은 우리 두 사람에게 유난히 정지를 원했고 더 이상 우리 관계에 잠깐만이라는 시간을 남겨주지 않았다. 그렇게 남들과 다를 것 같던 우리의 감정은 이별이란 수많은 핑계로 맞춰 보는 몇 조각 흔적이 되어 당신이란 한 조각만 잃은 채 완성되지 못하고 뻔한 핑계들로 남겨진 추억만이 완성되었다.

말 한마디조차.

이유에 이유를 나눠서

왜 하필 그 사람이 당신의 사랑이 된 건지.

당장의 사랑이 당신의 사람이 된 건지. 우는 법을 잃어서 잊는 법을 배워 가.

다른 사람을 사랑하고 있어.

우리가 나눠 가진 밤 열한 시

무작정 어딘가로 무언가 담는 행위를 하러 떠나고 싶은 밤. 마지막으로 네가 남긴 밤. 그렇게 같은 하늘 아래 다른 감정이 떠오른 밤. 유난히 아름다워 널 기억하는 밤. 떠나온 이 곳에서도 사진 속 여전히 네가 담기지 않을 밤. 흔적만 남고 향기만 기억하는 어둠과 너의 뒷모습이 닮은 밤. 짙은 어둠도 추억하는 그날의 밤. 우리가 나눠 가진 밤 열한 시.

밤 열한 시.

그림자의 거리만큼

사랑 줬고 사랑받고 관계를 담금질해.

그렇게 그때의 우리가 내 곁의 그대가 놓친 손과 놓은 마음을 두들겨.

이렇게 마음의 관계는 두 그림자의 거리만 남겼어.

피노키오의 거짓말

행복의 무게를 묻던 그대가 실오라기 하나 걸치지 않고 웃던 나에게

깃털 같은 미소로 거짓말을 남겼다. 아무 일도 일어나지 않았고

아무것도 변하지 않았다.

이별.

되감아 보기

왜 그랬는지 한참을 묻고 난 뒤 당신이 망설이는 이유를 알았다. 유독 오늘이 놓아 버린 순간에 멍하니 아무 말도 할 수 없는지 이해가 되지 않았다. 곧게 닫혀 버린 당신과 두둥실 떠오른 나만의 세상은 저 멀리 빛을 다해 버린 우리의 관계처럼 밤하늘의 짙은 어둠과 대화하듯 말없이 서성였다. 그렇게 놓은 두 손에게서 그대가 나를 떠나가는 날이었다. 아무렇지 않게 살아가도 많은 것은 이미 떠났고 남겨진 되감기뿐이었다.

되감기.

그날의 당신에게서

번진 마음을 적셔 텅 빈 마음에 담았다. 흩어진 기억의 조각들을 하나씩 맞춰 보니 잊고 있던 당신의 미소가 보였다. 남겨진 추억의 퍼즐들을 하나씩 완성해 보니 그날의 당신이 서 있었다. 돌아선 뒷모습과 함께 보지 못한 슬픔도.

담담함을 견디며

무언가 허전함에 한참을 바라봤다.

이제야 알았다. 당신과 내가 없었다.

그대가 없다는 걸 문득 알고야 말았다.

정말 못할 것 같은 익숙함이었는데

이젠 이별 곁에서도 담담한 내가 되었구나.

놓지 못한 건

사랑했잖아 보고 싶잖아. 남아 있잖아.
그 마음도, 그 사람도, 그 사랑도
그렇게 여전히 안고 있잖아.
쉽다고 생각했던 순간들

뭐가 그리 바빠서 잊고 사는 감성일까.
뭐가 그리 아파서 돌아보지 못한 감정일까.

한참을 쉽다고 생각했던 것들인데.

이상과 현실의 벽

동떨어짐. 절벽의 이끼. 연필 같은 자존감. 흘러넘치는 열정. 괜한 기대. 웅어리진 고독. 그늘 넘어 나무 한 그루. 구름에 낀 생각들. 가슴 한편 무기력. 돌림노래. 전문성 없는 수행평가. 허공에 떠다니는 단어들. 조합을 잃은 문장들. 햇살의 노곤함. 찍어 내는 글귀만은 아니길 바라며.

쌀쌀함이 꼭 어제와 달라서

사랑에 있어 무언가 나누려 하기 전에 누군가 놔두려 하기 전에 돌아보는 법을 안다면 돌아가는 법을 잊을 거야. 한참을 걸어야 하거든. 돌아선 그 사람을 찾아서.

이미 오래전

놓아 버린 당신에게 서성이던 내 마음과 마주했다. 마주했던 당신은 이미 저 멀리 돌아온 내 걸음이었다. 망설이기를 수백 번, 수천 번 고개를 돌렸을 땐 당신은 떠나고 홀로 남겨진 나의 마음만 남아 있었다. 그렇게 정말 당신이 떠나고 아픔을 배웠다. 이미 오래전 당신이 알아 버린 그 감정을.

착각으로 남겨진 그 이름

너를 담기에 많은 착각을 했다. 부족함을 보이지 않기 위해 걸음에 진심을 더했고 여민 마음은 그날을 미소에 담았다. 그렇게 눈에 보이는 것에 집중하기보단 보이지 않는 것에 더욱 신경을 써 본다. 너의 평범한 이름은 내 삶에 깊숙이 배어들어 이젠 그 존재만으로 특별함을 뿜었다. 익숙한 이름에 가끔 길을 걷다 멈추기도 했고 자주 고개를 돌려 보기도 했다. 너로 인해 평범함들은 특별함으로 짙은 노을의 낭만 또한 내 품에 안겼다. 그렇게 큰 착각들은 사소한 것에 짙게 우려 나 오늘도 모른 척 너를 부른다. 누군가의 마음속 담길 그대 이름을 또 한 번 부른다. 눈앞에 보이지 않아도 마음에 아른거리며 그날의 착각으로 남겨진 그 이름을 모른 척 불러 본다. 혹시 돌아볼 그대인가 싶어서.

답변

대답 없는 걸음은 오늘도 너란 기억에 서성여.

대답하지 못했던 그날.

그림자처럼

떨어지지 않던 입가의 말처럼.

마음에 남겨진 사랑은 가끔 나타나

당신을 멍하니 걷게 하였다.

그림자처럼.

혼자인 게 두려워서

당신이 머문 자리를 걷다가
마음이 떠난 자리에 멈춰서 말했어.
빗물에 씻길 슬픔이면 좋겠어.
괜한 핑계나마 남겨 준 아픔이면 좋겠어.

혼자인 게 두려워서.

일시정지

늘 함께했던 것들이 오늘 따라 너무 춥게 느껴져요.

혹시 당신이 길을 잃은 것 같아서 나는 오늘도 그곳을

서성이다 그날에 멈춰 있어요.

여전히 익숙했던 오늘

당신은 내게 선을 그었지만

나는 당신이 남긴 틀에 갇힌 것 같아요.

이게 사랑이라면 밀어낸 당신이지만

그 마음에 매달린 나인가 싶어요.

그릇

나를 놓기 전 마음을 당겼다. 밀리던 사랑은 사람도 밀었다. 쉽게 놓아 버린 건 쉽게 담을 수 없단 걸 아픔이 넘친 뒤에 알았다. 누구에게나 한 개씩의 큰 그릇이 있다. 사랑은 그 그릇을 품고 있는 것 같았다. 감정의 파도가 크게 몰아치는 날이면 달빛도 햇빛도 담아 안아 주던 그 그릇이 삽시간에 큰 울음과 함께 깨진다. 그렇게 금이 가고 금방 떠나간다. 사람은 예민하다 사랑도 예외는 아닌 것 같더라.

왈칵 쏟아 버릴 감정뿐이 아니길

관계가 쉽다고 하기에는 많은 감정이 우리와 함께 이 거리를 걸었고 잦은 기억들이 우리 곁 풍경으로 남았고 짙은 추억들은 달빛이 기댄 창가에서 뒤척이는 이 밤을 남겨. "우리 이제 생각할 시간을 가지자."라는 불쑥 튀어나온 너의 낯선 말 한마디에 지난날 함께한 순간과 시간이 뒤섞여 밀려온 감정과 밀려난 감성으로 내 마음 많은 파편으로 남아 구석구석 뒤엉켜. 왈칵 쏟아 버릴 감정이라면, 감성이라면 좋겠지만 등을 보이며 멀어지는 너의 모습이 정말 손에 닿지 않을까 여전히 멈춰 버린 걸음이야. 혹시 네가 돌아보거나 돌아왔을 때 내가 없어서 아프지 않도록.

머문 계절 :

머문 계절을 안다

머문 계절을 안다가 놓았다를 반복했어요.
아픔은 녹았고 행복은 모른 척 피어나요.
그렇게 나라는 사람에 아팠을 우리를 알아요.
너라는 사랑에 웃었을 우리를 알겠죠.
그렇게 세상에 가장 아픈 건 나라며 말하던
우리가 모른 척 닮아 버린 계절을 서성이다
그조차 사랑이라며 시린 풍경에 그저
시 한 편을 남겨요.

이 밤이 잠들기 전

하루 단내가 버스 안에 가득해요. 꽉 막힌 도로만큼 잊었던 피로가 밀려와서 숨을 고르게 쉬기를 반복하다 허둥지둥 하루를 승차해요. 눈 감으면 또다시 오를 하루에 창가의 뒤

척임이 잠든 청춘의 뒷골목을 밝혀요. 우리가 잊은 햇살의 시간만큼 값진 미소로 당신이 걸어온 걸음 구석구석 밝혀 주길 기도할게요. 이 밤이 잠들기 전과 당신이 닿을 그 순간에.

많은 의미만 안긴 밤

이별을 앓는 법을 배워서 너를 잊는 법을 잃었어. 그렇게 아픔의 상처는 외로운 사랑의 덧남을 남겼어. 너무도 이상한 날이야. 너에게 묻고 싶던 하루하루가 말이야. 나만 이런 세상을 살아가는 것인지 알고 싶었어. 왠지 오늘 네가 떠날 것 같은 느낌이 들었어. 왜 항상 나만 아무 말도 할 수 없는지 묻고 싶었어. 나의 마음이 잃어버린 시간 속 너의 마음이 닫아 비린 우리 시간을 놓쳐 버렸어. 그렇게 많은 의미만 안긴 채 우린 이제 서로의 기억에만 남아 버렸어.

곱씹어지던 그해

우리 사이에 사랑이란 단어가 꼭 필요하지 않아도 너란 사람이란 이야기를 더해요. 그래요. 당신과 나 사이에 불필요한 표현들은 잠시 접어놓아도 좋아요. 그러한 수식어들이 꼭 우리의 감정을 대변하진 않아요. 이렇게 사랑은 어렵지 않은 것 같아요. 당신의 순간이 전한 감정이 느끼는 모든 것이 모여 우리라는 문장을 더해요. 더해진 그 문장들은 우리의 시간과 함께 곱씹어지며 함께했던, 함께하던 것들로 남겨져요. 사랑이란 건 화려한 문장도 명확한 단어가 필요하지 않아요. 그저 마주한 눈가에 웃음 전할 수 있는 포근한 숨이면 충분해요. 그렇게 함께한 당신과 나의 하루가 이미 사랑이니까.

무심코 어른

익숙함이 아닌 잊힌 하루에 쓸쓸하고, 누군가와 함께 있어도 바쁜 세상에 외롭고,

밥을 먹어도 몇 번을 곱씹다가 뱉지 못한 생각들로 서성이고, 술 한잔에 달래는 오늘이 싫증나기도 하고,

화창한 날씨조차 무기력을 남기고, 똑같은 일상에 오늘을 걷다가 문득 든 생각으로 괜히 내일을 그려 보고,

어른이 되어 가는 내 모습과 아직은 준비 안 된 내 마음이 너무 덤덤해서 아프고,

덧나고 아물고 버팀과 치유 속에 더 아픈 누군가의 버팀목이 되고, 그렇게 우린 무심코 누군가 혹은 나에게서 어른이 되나 봐.

하고 싶은 거 해요

열정이 당신의 땀에 녹아 뜨거운 감정으로 남을 거예요. 세상 모든 판단과 시선은 괜한 것이 없어요. 우린 가끔 마음의 질척임에 미련이란 흔적을 남기지만 결국 그 모든 과정이 오늘의 당신에게 건게 한 거예요. 그러니 하고 싶은 거 해요. 우리.

한 번쯤 놓아 봐

남들과는 조금 다른 밤하늘을 맞이하고 어둠이 짙게 깔리면 상상의 세상과 조우해. 갈증이 차 버린 마음의 무게는 잠시 내려놓고 싫증이 나 버린 일상의 마지막을 잠깐 돌려놓고 그렇게 나도 모르게 칠해진 어둠 뒤에 숨어 잠들지 못한 어린 가슴이 숨 쉬게 한 번쯤 놓아 봐.

한참 웃고 난 뒤에 알았다

조각난 아픔 뒤에 흩어진 행복이라 말했다. 붙여 본 상처 앞에 남겨진 여운이라 불렀다. 우린 행복이란 여운을 따라다니지만 정작 사소하고 소박한 행복을 모른 척 외면하는 버릇을 가졌다. 일상 속 버릇은 참 고치기 어려운 일인 것 같았고 일과 속 행복을 즐기는 법도 멀리 있다고 자주 느꼈다. 다만 작은 미소는 큰 파장으로 흩어진 행복과 남겨진 여운을 아주 쉽게 동반한다는 사실을 한참 웃고 난 뒤에 알았다. 생각은 꼬리에 꼬리를 물고 그 꼬리는 생각을 묻는다. 가끔 생각 없이 웃을 필요가 있는 것 같아서.

동행 그리고 여행

행복의 순간은 그 어떤 시간과 비교할 수 없어요. 당신과 나의 경계 속 서로에 대한 마음을 비교할 수 없는 것처럼 사람과 사랑의 관계 속 서로에 대한 통계를 내릴 수 없는 것처럼 이토록 마음의 시간은 그 어떤 순간과 비교할 수 없어요. 이게 행복이라면 당신 마음은 이미 행복할 거예요. 나라는 순간과 우리라는 시간이 동행하기에.

사랑을 알기 전처럼

알다가 모를 당신입니다.

알면서 모진 당신입니다.

그렇게 당신을 떠났습니다.

알지만 놓은 당신이

오늘에서야 내 마음에서 떠났습니다.

이렇게 떠난다는 건

당신을 처음 만난 그 자리

가슴 속 가득한 그것들을

처음 그곳에 내려놓는 것 같습니다.

얼어 버린 그것을 내려놓는 일.

잘 지내라는 말

잘 지내라는 말이 정말이지. 정말 잘 지내고 있다는 걸까. 잘 지내라는 여운일까. 말 한마디에 느껴지는 여러 감정이 결국 잊지 못했다는 결과를 안기는 건 아닐까. 그 결과를 통

해 배워 가는 또 다른 사랑이 마음에 몰아쳐 만들어 낸 과정일까. 답하지 못한 오늘이 시간에 묻혔고 묻지 못했던 지난 순간이 가둔 마음이었다.

익숙함도 이젠

무언가 허전함에 한참을 바라봤다. 이제야 알았다. 당신과 내가 없었다. 그대가 없다는 걸 문득 알고야 말았다. 정말 못할 것 같은 익숙함이었는데 이젠 이별 곁에서도 어둠을 두려워하던 나에게 은은히 빛나던 그대였는데 빛을 다한 당신의 마음을 바라보며 모른 척 어둠 속에서도 무덤덤한 내가 되었구나 싶었다.

창가에 서성인 건

희석된 감정은 점점 그 의미를 잃어 간다. 불현듯 물에 퍼져 버린 순간은 지운 시간들로 보일 듯 물에 잠겨 버린 시간은 지친 일상들과 농도가 짙어진 감성에 달빛조차 창가로 서성였다.

참 닮은 당신과 나

바다가 당신을 닮았는지 오늘은 울적함으로 답했습니다. 하늘이 당신 품에 안겼는지 눈물로 답했습니다. 바람이 당신 곁에 머무는지 서운함으로 답했습니다. 바다와 하늘과 바람이 꼭 그날의 당신을 닮았습니다.

걸음의 거리에서

참 애쓴 당신에게 오늘보다 더한 행복은 없어라는 말이 참 어울릴 것 같아. 행복이란 게 아주 작고 소박한 것에서 밀려오는 파도와 같아서 생각지 못한 순간에 마음을 적시고 알지 못할 시간에 추억을 걷게 하거든. 오늘 하루 부딪친 것들에 관한 생각과 돌아본 걸음이 참 소중한 것 같아서 말이야. 가끔 시원한 바람이 불 때면 기대 왔던 걸음이 기대했던 바람 속 삶의 큰 거름이 되기를 기도해. 여전히 행복한 걸음의 거리에 서 있는 당신과 나에게.

어른이 된다는 건

어른이 된다는 건 사랑하지만 떠나야 한다는 것, 보고 싶지만 참아야 한다는 것, 화가 나지만 이해해야 한다는 것과 같은 감정을 배우는 것 같아요. 최소한 내 곁 사랑에 있어 투정 부리는 어린아이가 되어도 좋다는 생각보다 최대한 내 곁 사람에 있어 따뜻한 품과 말 한마디로 안아주는 어른이 되고 싶다는 생각들로 더욱 짙게 물드는 계절이 갔어요. 당신이란 사람이 나에게 남겨 준 사랑은 나를 진짜 어른으로 만드는지도 모르겠네요.

은하수가 기억한 건

우리에게 내린 단비가 아픔은 씻고 행복만 가져올 거야. 당신에 대한 내 마음을 어떻게 표현할까. 수만 가지 활자는 오늘도 그대 생각에 방황을 시작해. 당신도 나와 같다면 좋겠다. 잠 못 드는 이 밤에 가끔 우리 둘이 함께 있는 상상을 해. 저 하늘의 별이 하나씩 모여 어둠을 밝히는 은하수가 되듯이 기억이 모여 추억이 되고 추억을 담아 우리로 남을 테니. 마음에 깃든 시간이 나라는 순간으로 당신 품에 안기면 좋겠다. 은하수가 기억하는 건 당신이면 좋겠어.

그 시절 그대에게

혹여 땅을 적시는 그대의 마음인가 싶어요. 빗물에 씻길 슬픔이면 좋겠어요. 괜한 핑계나마 남겨 준 아픔이면 좋겠어요. 그 아픔에도 담겨 있는 그 시절 한 번뿐인 순간이라서 말이에요. 그댄 행복만 쓰고 가 마음 한구석 남아 버린 나란 버릇이 언젠가 고쳐지겠지만 너란 버릇에 난 참 행복했던 사람이라며 추억에 자주 젖어요. 오늘을 살아가는 버릇이 당신이 남겨 준 추억이라 생각이 들어서 지난 아픔과 슬픔조차 어른이 되어 가는 핑계라 말하지만 너무 고마운 밤인가 봐요. 그늘진 순간이 시원한 기억으로 남으면 좋겠어요. 창밖에 바람이 떠나 온 우리의 바람이면 좋겠어요. 그 시절 그대에게 고마워요.

대답 없이 서성여

좋은 것만 가득하길 바랐는데 잊을 것들로 가득 찬 마음이 었어. 우리가 나눈 눈빛은 아니다 말했지만 마음에게 모른 척 놓아 버린 손길이었어. 그렇게 걸어 온 시간이 놓았던 순간을 왜 그날처럼 쉽게 놓지 못할까. 매일 밤 너로 인해 울던 내 휴대폰조차 슬퍼서 지쳐 잠이 든 걸까. 그날에 멈춰 버린 나인데 혹여 보고 싶어 불러도 이미 넌 저 멀리 걷고 있겠지. 대답 없는 걸음은 오늘도 너란 기억에 서성여.

묻고 물어 온 당신에게

항상 소중할 수 있을까 물었는데 꿈꾸던 걸음이 꿈꿔 온 당신에게 도리어 자주 소홀한 건 아닌지 되묻더라고.

어제의 온기를 잊을까 봐서

자꾸 반복되는 너와의 약속 취소가 혹시 자주 번복되는 나와의 마음 관계를 위한 정리가 아닐까 두려워요. 손길이 남긴 여운과 어제의 온기를 잊을까 봐요. 오늘 나에게 너와의 끝자락에 서서 혹시나 하는 마음이 마지막 미소처럼 괜히 한 번 더 웃어요. 잘하고 있다면서.

지금은 조금 아파도 좋아

물었다. 나 조금 더 아파도 될까? 사람에게 밀려나 자연스레 사랑도 그날에 남겨졌어. 우린 이별 후 아픔이 아물길 바라지만 마음에도 준비의 시간이 필요하단 걸 알면서도 모른 척해. 사람을 놓는 건 쉽지만 사랑을 놓는 건 그리 쉽지 않다는 걸. 답했다. 지금은 조금 아파도 좋아. 아무는 과정인걸.

단내

추억은 꺼내 보는 맛이 있고

기억은 되뇌는 맛이 있다.

이렇게 사랑은 달콤하지만

때론 끈적이는 단내로 남겨진다.

그해 동대문

말할 수 없는 비밀.

작고 소박한 그것이 안긴 날.

예고 없던 당신과 나에게

이미 자라던 사랑을 선물한 날.

그해 영종도

달려온 삶에 남은 당신 하나와

달려갈 삶에 유일한 당신과 나 둘이

달래 본 삶에 소중함을 남긴 날.

그해 강릉

행복이 가득히 익었다. 한참 지난 추수의 계절에도 농익은 것들로

추억되었다. 사진 몇 장에 잊을 수 없는 사람과 익어가는 사랑을 남겼다.

그해 강릉은 참 따뜻한 숨이 가득했다.

그해 송악

한 해의 시작과 별이 하늘에 닿았다.
살아온 삶보다 돌아 볼 이들이 많아서
떨어지지 않는 걸음인가 싶었다.
세상 가장 따뜻한 품을 주었지만
새삼 가장 차가운 숨으로 속상함을 전했다.
그렇게 먼 여행에 많은 이가 눈물을 훔쳤다.

그해 쌍문동

골방은 습했고 빛이 들지 않았다.
다만 너무 따뜻했고 빛나는 마음들이 있었다.
하나씩 쌓아 가는 추억과 여러 번 돌아봤던 기억은
말없이 서로를 토닥이며 어둠을 밝혔다.

그해 수유

새로운 터전을 익숙한 마음과 걸었다.
때론 친숙한 눈빛으로 보았고
자주 소중한 마음으로 담겼고
이미 가득 찬 사랑으로 안겼다.

그해 소사

축복 속 꼬마는 웃음으로 가득히 꽃을 피웠다.

아픔에 성숙한 시간이 도리어 기쁨에 소중한 순간들을 가꿔 왔을까.

모른 척 훔친 눈물은 다정히 안아 주지 못한 지난날에 대한 미안함일까

싶었다.

사진 한 장에 담긴 내 마음이 꼬마에게 전해지면 좋겠다.

또래 여자아이가 꼭 잡아 준 꼬마의 손을 한참 바라봤다.

아름다운 풍경처럼.

우리가 걷던 미래

당신과 내가 마주한 밥상에 웃음꽃이 피었고 사소하고 소박한 것들에 대해서 감정을 나누며 하루의 아픔도 오늘의 행복도 안아 보는 과정이 당신과 나를 더해 주는 순간들로 품에 안겨요.

훗날의 당신에게.

행복이 불어오면 좋겠다

행복이 불어와.

그대 맘에 쌓이면 몰아친 지난날을 후회 없이 안아 줄 거야.

아픔은 놓아 봐. 그대 맘도 알 거야.

불러 본 오늘날을 핑계 없이 걸어갈 거야.

행복하자.

모두.

식어 버린 마음만

식어 버린 마음만 품었던 나에게서 따뜻함만 남겼던 너였기에
서로의 품에 안긴 우리 두 사람은 그렇게 부족한 마음만 가져갔다.
부족함이 있다면 그댈 덜 안아 주었던 것인가 싶었다.

쉽게 버릴 수 없어요

우린 각자의 삶 속에서 전혀 다른 모습을 가지고 살아가요. 오늘의 내가 낯설기도 하며 내일의 내가 익숙하기도 하죠. 그렇게 보이지 않는 채찍은 나를 안아 주고 이렇게 살갑던 품은 쉽게 놓기를 반복과 번복의 감정 속에서 방향을 잃어 버리곤 해요. 짤막한 문장도 스치는 단어조차 쉽게 버릴 수 없음을 배워 가는 것 같아요. 또다시 다른 오늘의 나와 마주하지만 또 다른 내일의 내가 밉지는 않아요. 성장이란 과육 속에 달콤한 기로를 걷고 있으면 좋겠어요.

지금 이 순간도 쉽게 버릴 수 없어요.
지금 이 시간도 쉽게 바랄 수 없어요.

숨을 놓았다 들었다

남들과는 조금 다른 밤하늘을 맞이하고
어둠이 짙게 깔리면 상상의 세상과 조우해
갈증이 차 버린 마음의 무게는 잠시 내려놓고

싫증이 나 버린 일상의 마지막을 잠깐 돌려놓고
그렇게 나도 모르게 칠해진 어둠 뒤에 숨어
잠들지 못한 어린 가슴이 숨 쉬게 놓아 봐

배움

얼룩진 마음이 흘리는 눈물처럼 하루의 길목을 닦는 법을 배워 간다.

그렇게 하루는 무뎌진 걸음과 무너진 경계 속 닮아 가며 단단함만이

남아 어제의 나와 오늘의 그대를 닮아 간다.

그렇게 닿을 듯 닿아 간다.

미소가 알 수도 있겠다

사람들은 수없이 관계를 따진다. 그렇게 많은 관계 속에 살아남기란 쉬운 일이 아니다. 이러한 실타래 속 뭉침이 당연한 것이라 여기며 벗어나는 관계를 감정의 포장으로 내뱉는 나쁜 습관들만 배워 간다. 감정과 감정이 만난다는 건 전혀 다른 걸음과 각기 다른 시선의 관계로 어떠한 이유에서도 참 어려운 일 같다. 관계란 무엇일까. 이러한 생각과 마음의 공백을 채우는 건 한 걸음 다가선 당신의 미소가 알 수도 있겠다 말해 본다.

불어 터진 행복을 보면

긴 터널과 같던 공백은 허기진 공복을 채우지 못했다. 그을린 어둠과 같던 여백은 불어 터진 행복을 남기지 못했다. 과연 못했다는 마음이 닿지 못한 그것과 그곳에 홀연히 모른 척 서 있을까 싶었다. 가끔은 알면서도 모르는 척 돌아보고 돌아가는 법을 배운다.

희석된 감정이 너를 닮았다

세상은 물드는 데 섞이지 못한 감정은 흐르듯 떠다닌다. 거리가 이토록 이기적인 게 옳다 하면 이만큼 걸어온 게 새삼 낯설 것 같다. 누군가 감성이라 핑계로 흩트려 놓지만 누구나 감정이라 세워 놓는 이는 없다. 흘러넘치는 게 꼭 그 마음만이 아니라면 한껏 웅어리진 마음을 오늘도 꾹 눌러 담아 본다.

마음을 쓰다가

인적이 드문 거리를 걷다가 북적이는 네 마음을 따라 걷다가 모른 척 고개를 돌려 나 홀로 안겨 본다. 말없이 손짓과 설렘만을 더하고 한동안 허공에 네 모습을 그리며 불현듯 마주한 시선에 행복을 담는다. 너란 사랑이란 시간이 흐르며 나란 사람이란 순간이 쌓이며 우리란 관계를 바라본다. 그렇게 내 사람에게 내 사랑을 적는다.

답장이 없어도.

벅찬 감정을 배워 봐

한 번쯤 아름다움을 담을 수 있을까 싶어.

이미 넘친 당신인데도.

나라는 풍경이면 좋겠어

하늘에 파도가 밀려온다.

아름다운 그대가 걸어온다.

군더더기 없이 완벽한 그림이다.

유일한 안식처

우린 자주 과거의 기억을 헤엄치며 살아요. 그 기억 중 가장 큰 부분으로 부모의 사랑은 오늘을 살아가는 큰 힘이 되기도 하고 내일을 이겨 내는 작은 기대이기도 해요. 부모란 나무의 그늘 아래 세상이란 뜨거움을 모르고 지내 온 시간이 이젠 세월을 다해 그 나무가 오늘을 견디는 큰 버팀목으로 내 곁에 머물러요. 작고 소박한 것에도 헤프게 웃던 그 시절을 곱씹으며 쓸쓸한 밥상과 마주할 때면 마음속, 머릿속 그리움과 따뜻함에 눈가에 흐르는 그것은 메마른 버팀목을 더욱 단단히 만들어요. 늦은 오후 걸려 온 어머니와 짧은 통화는 고단했던 나의 유일한 안식처예요.

보고 있어도 보고 싶어요. 엄마.

어떠한 이유도 용서해

환절기 감기보다 무서운 게 새벽 감성이라고 생각합니다. 망설임에 녹아 버린 긴장은 또 다른 감정으로 마음을 쿵쾅거리게 남겨 줍니다. 새벽녘 노래와 풍경은 마음을 더욱 짙게 합니다. 마음을 채색하며 감성도 감정도 채워 갑니다. 사랑이란 게 눈앞에 휘날리는 벚꽃과 같아서 취했다 가고 정신 차리면 추억으로 남곤 합니다. 그렇게 오늘도 우린 행복이란 그늘을 찾아서 헤엄치는 순간과 마주합니다. 감히 말하자면 어떠한 핑계에도 남겨져 지금 생각나는 그 사람은 당신의 사랑입니다. 어떠한 이유도 사랑 앞에서는 용서됩니다. 사랑하세요.

그 사람이 지금 마주 선 당신을 사랑합니다.

나란 습관이 너란 버릇에게

혹여 땅을 적시는 그대의 마음인가 싶어요. 빗물에 씻길 슬픔이면 좋겠어요. 괜한 핑계나마 남겨 준 아픔이면 좋겠어요. 그 아픔에도 담겨 있는 그 시절 한 번뿐인 순간이라서 말이에요. 그댄 행복만 쓰고 가 마음 한구석 남아 버린 나란 버릇이 언젠가 고쳐지겠지만 너란 버릇에 난 참 행복한 사람이라며 추억에 자주 젖었어요. 오늘을 살아가는 버릇이 당신이 남겨 준 추억이라 생각이 들어서 지난 아픔과 슬픔조차 어른이 되어 가는 핑계라 말하지만 너무 고마운 밤인가 봐요. 그늘진 순간이 시원한 기억으로 남으면 좋겠어요. 창밖에 바람이 떠나온 우리의 바람이면 좋겠어요. 그 시절 그대에게 고마워요.

남겨진 어른

당신이란 사람이 나에게 남겨 준 사랑은 나를 진짜 어른으로 만드는지도 모르겠네요.

당신을 책임지고 싶어요. 어른은 책임감이 있어야 한다고 하더라고요.

입버릇

빛을 따라 함께 걷던 당신인데, 어둠에서 꺼내 준 당신인데 모른 척했던 행동과 알면서 등한시했던 순간과 또다시 미안해라고 말하는 내 모습이 또 한 번 소중한 당신에게서 멀어진 건 아닌지 걱정으로 밀려와요. 용서받을 수 있는 하루가 되고 싶지는 않아요. 당신에게 입버릇처럼 미안해라고 말했으니까.

첫 만남의 순간이 꼭 오늘 같아요

그날의 당신은 투박한 걸음으로 나에게 인사했다. 묻어나는 어색한 숨과 묘한 긴장감은 나로 하여금 자꾸 당신을 바라보게 했다. 우리가 나눈 문자 속 언어는 다른 세계의 당신을 내 마음 속에 가져다 놓았다. 그렇게 그 마음속에서 집을 지었고 휴식을 취했고 행복함에 웃었다. 가끔 그늘진 그림자는 그저 햇살에 못 이긴 척 따라다녔고 자주 부딪친 생각은 이해라는 감정으로 익어 갔다. 그렇게 시간이 흘러 우리가 함께 걸었던 공간에서 계절이란 사색을 즐기는 여유도 배웠다. 당신과 나의 만남은 쿵하며 쾅했고 뚱하다 통했다. 익숙함에 잊었던 입술은 그날의 설렘을 기억하는지 오랜만에 떨림으로 어색한 익숙함은 안겼다. 시간은 사람을 무뎌지게 한다. 순간은 사랑을 무너지게 한다. 이토록 첫 만남만큼 중요한 건 바로 지금 이 순간이며 이 시간이다. 또다시 사랑에 빠지는 법을 알았다. 그날처럼 꽉 잡아 보았다. 당신의 손과 마음을.

다 떠난 뒤 작별만 남았다

목소리가 한동안 귓가에 맴돌아 소리들 틈에서 어울리지 못했다. 누군가 미운 오리 새끼라 손가락질을 했지만 생각을 곱씹어 오늘을 삼켰다. 그러다 문득 나에게 몇 가지 재주가 있다는 걸 알았다. 그 잔재주들이 내일을 바꾸는 시간으로 닿기를 바랐고 밤하늘에 수놓은 순간은 어둠 속 빛나는 내 모습으로 남길 기도했다. 빛바랜 시간을 보상받을 수 없지만 그 빛바랜 시간이 누군가에게 빛나는 감동으로 남는다는 걸 읽어 보았고 적어 보았고 그렇게 오늘의 내 아픔에게 작별을 고했다.

세상에 하나뿐인 존재

보고 싶다 하시고 얼른 가라 하시니 손주 배고픔이 가장 큰 걱정이신가 싶어서 밥 두 공기 입안 가득 따뜻함으로 안아 봅니다. 오늘도 밥 먹으라 하시고 두 손에 쥐어 주신 행복에 이렇게 성장했습니다. 효도에 효 자도 말 못했는데 가만히 앉아 있으라 하시고 말없이 토닥임만 주시니 또 한 번 행복함에 눈물인지 기쁨인지 모를 마음을 삼켜 봅니다. 아파도 아프지 않다 하시고 고단해도 괜찮다 하시니 모른 척 뒤돌아서 먼발치 바라봅니다. 가장 큰 사랑을 주시고 가장 큰 사람으로 바라보는 세상을 주셔서 꽉 찬 사랑에 울컥거리는 마음도 아쉽습니다. 어린 시절 부족함 없이 키워 주셔서 오늘을 걸어 봅니다. 태양빛에 그을린 세월보다도 따스한 햇살 아래 잘 자라는 손자들 생각에 땀 흘리며 평생 일궈 주신 마음이 귀한 줄 모르던 쌀 한 톨이 오늘 따라 유난히 아쉽습니다. 이제야 성인이 되어 이야기 전할까 그려 보지만 급히 떠나신 걸음에 그 발자국을 따라 걸어 봅니다. 그늘로 시원함과 햇살이 따뜻함과 가족들 걸음걸이에 닦아 주신 그 길목으로 돌아본 오늘에서야 함께 걷지 못함이 속상합니다. 어렵다는 핑계로 함께하지 못한 시간이 후회로 그려져 죄송합니다. 통화 몇 마디에도 묵묵히 격려해 주셨는데 성장의 그늘이 할아버지가 주셨던 것인데 손자는 아직도 그 그늘에 어른이 되어 가는 것 같습니다.

외할아버지 편히 쉬세요.

한없이 머물 거리

누군가 말했고 한 번쯤 물었어. 당신은 감성적인 사람인가요? 감정적인 사람인가요?

애써 괜찮은 척 어색한 미소로 답하려 했지만 쉽게 마음이 아닌 입 밖으로 답하지 못했어요. 머릿속 떠오르는 단어들은 조합되지 못한 채 입 밖으로 그 누구도 먼저 쉽게 나서지 않았지만 한 번쯤 생각해 볼 만한 것이었어요.

감정적인 사람과 감성적인 사람에 관하여 저는 때론 작고 사소한 것에 감정적이기도 했고 보잘것없고 소박한 것에 있어 한없이 감성적이기도 했어요.

그 경계를 따지자면 한동안 어둠 속 피어나는 감성에 뒤섞인 문장은 누군가에게 쉽게 답하지 못했고 불현듯 불어 터진 감정과 쉽사리 마시지 못한 감성은 새벽녘 마음의 공허한 입맛을 달래기에 충분했던 것 같아서요.

누군가에 입맛을 맞추기 위한 감정도 감성도 아니라는 어렴풋한 추측만 난무한 채 또다시 누군가에 물었고 그제야 말했어요.

마음이란 알다가도 모르지 않나요?
'마음이란 건 오늘의 나에게 내일의 나에게 쉽게 내어주는 따뜻한 품이라는 걸.'이라고 그렇게 일기장처럼 적어 온 생각을 남기는 버릇과 그 버릇이 누군가에게 답하는 작은 쪽지들로 남겨져 뒤척이는 밤이면 나와 다른 이와 마음을 나누는 시간으로 달 몰래 공간을 만들어 준 건 아닌지 한없이 머물며 그 거리를 걸었어요.

이렇게 세 번째 마음의 기록물

안녕하세요. 작가 민감성입니다.

누군가에게는 참 부족한 사람이지만 누군가에게는 참 과분한 사랑을 받으며 살아온 것 같습니다. 모른 척했던 지난날을 돌아보면 행복이란 울타리를 걸었고 무심했던 오늘날을 또다시 걸어 보면 그리움이란 보이지 않은 그늘에서 나 자신을 채찍질하며 살아온 것 같습니다.

가끔 놓아 버린 것들에 대한 후회를 적곤 하지만 그 후회조차 성장이란 밑그림으로 다음 장에 그려지는 시간으로 빼곡하게 자리 잡길 기도합니다.

그렇게 우린 하루에 일상을 경험하고 적어 가며 돌아보는 시간에 속아 많은 감정을 모른 척하며 무심했던 건 아닌지 말하고 싶었습니다.
이번 세 번째 감성 에세이 제목처럼 마음이 남긴 거리에 담고 싶었던 의미들은 그 어떤 사람도 그 어떤 사랑도 사랑받았고 사랑을 했으며 사랑으로 기억하고 뻔한 오늘조차 추억으로 남겨지는 것 같다는 생각이 들었습니다.

오늘의 사랑을 놓는다면 내일은 사람은 없는 것 같아서 말이에요.
나와 다른 누군가가 틀린 것이 아닌 다른 것임을 배워 가며 익숙해지는 사랑에게 사람에게 당신의 입장에서 안아 가며 알아가는 법을 배워 가는 계절인 것 같습니다.

마지막 책이 될지 모르겠습니다.

다만 누군가 한 줄 글귀로 함께 웃고 함께 운다면 부족한 글귀에도 진심 어린 마음을 담아 소통하며 배워 가는 시간으로 가득하면 좋겠습니다.

이렇게 세 번째 마음의 기록물을 남기는 이 공간이 제 삶에 값진 경험이자 아문 상처도 덧나는 계절을 이겨 내는 작은 위함으로 가득하면 좋겠습니다.

눈앞에 아른거리는 그 사람들과 그 사랑들에게 최선을 다하며 익숙하지만 절대 똑같지 않은 시간을 함께하는 시간을 많이 만들려고 합니다. 그 시간이 짧다면 길고 길다면 짧다고도 생각되지만 그 순간조차 품에 안으며 그대라는 계절들에게 피어나는 풍경들로 남아 있길 기도하겠습니다.

뒤척이는 그대가 꼭 나를 닮은 것 같아서요.

마음이 남긴 거리에서 마음이 머물 거리를 함께 걸으면 좋겠습니다.

작가 민감성 올림